Valentina Pattavina

Die Buchhändlerin von Orvieto

Roman

Aus dem Italienischen
von Monika Lustig

List Taschenbuch

Besuchen Sie uns im Internet:
www.list-taschenbuch.de

MIX
Papier aus verantwortungsvollen Quellen
FSC® C083411

Ungekürzte Ausgabe im List Taschenbuch
List ist ein Verlag der Ullstein Buchverlage GmbH, Berlin.
1. Auflage Juli 2014
2. Auflage 2014

Titel der italienischen Originalausgabe: *La libraia di Orvieto*,
Fanucci Editore, Rom 2010
Umschlaggestaltung: bürosüd° GmbH, München,
unter Verwendung einer Vorlage von
herzblut02 GmbH, München
Titelabbildung: © istockphoto, trilingstudio
© Lollipop Tree, Umbria.
Trevor Neal, Private Collection/Bridgeman
Satz: Uwe Steffen, München
Gesetzt aus der Berling Antiqua und der Ariston
Papier: Pamo Super von Arctic Paper Mochenwangen GmbH
Druck und Bindearbeiten: CPI books GmbH, Leck
Printed in Germany
ISBN 978-3-548-61218-8

Vorbemerkung der Autorin

Orvieto ist wie ein Traumgebilde.

Was auch immer in dieser schwarzen Komödie geschieht, die eine prächtige und berühmte Stadt, hoch oben auf einem Felsen aus gelblichem Tuff, zum Schauplatz hat, es stammt aus den Sedimentschichten des Gedächtnisses. Viele Dinge, viele Orte, die darin vorkommen, gibt es tatsächlich, viele andere hingegen hat ein Strom aus Erinnerungen, Eindrücken und Wahrnehmungen angeschwemmt. Auch Träume waren am Werk. Als hätte Orvieto sich in einen idealen Ort verwandelt.

Das hier gezeichnete Orvieto setzt sich aus mannigfachen Wunschvorstellungen zusammen, die Wirklichkeit geworden sind.

Seht ihn euch an, diesen schmutzgelben Felsen: ein Sockel aus Tuffstein mit abschüssigen Flanken, umgeben von Wäldern und Weinbergen.

Auf ihm eine sehr alte und wunderschöne Stadt, die jedoch längst nicht mehr auf dem Eselsrücken zu erreichen ist.

Geht hinaus in die Campagna, zwischen die Klöster und Burgdörfer, Brücken und Quellen. Folgt den unbefestigten weißen Sandstraßen bis tief hinein in den Kastanienurwald.

Der Wald scheint zu atmen, und in seinen Atem sind Tausende Geräusche verwoben: das schwermütige Rufen der Eule, der durchdringende Schrei eines Vogels, das Winseln eines Fuchses, das Rauschen der Blätter im Wind, begleitet von dem schnell fließenden Wasser.

Die Füße sinken ein im weichen Erdboden, das Gras raschelt unter ihrem Tritt; dürre Zweige eines Buschs knacken, brechen ab.

Der Blick erfasst moosüberzogenes Felsgestein, bis die Augen geblendet sind vom Licht, das durch die Bäume fällt.

Zwischen stacheligen Kastanienschalen, Laub und vertrockneten Beeren liegt achtlos hingeworfen eine Limonadendose in längst verblassten Farben; nur wenig entfernt eine Plastikflasche, Zigarettenkippen, eine schmutzige Batterie.

Dann die Edelkastanien mit den mächtigen Kronen, die Rinde aufgerissen und borkig, die Blätter spitz zulaufend. In Gruppen, hochgewachsen und stramm, fast wie Soldaten – so scheinen sie voranzurücken, als Eskorte für ihren imposanten Bruder, der einsam auf einer Lichtung in die Höhe ragt.

Der knorrige Stamm hat einen beachtlichen Umfang, seine Wurzeln drängen aus der Erde, bilden kleine Höhlen und täuschen den Zugang zu einer Grotte vor. Ein fantasiebegabter Mensch entdeckt die Wurzelgesichter und Umrisse unförmiger Monsterwesen.

Schaut nur, wie die riesigen Äste über Kreuz wachsen.

Schaut euch besonders den einen Ast an.

Er ist nicht so kräftig wie die anderen, doch um ihn ist ein Strick gebunden, und an dem Strick hängt ein Mann. Um seinen Hals hat sich die Schlaufe geschlossen wie ein Maul.

Etwas daran ist besonders merkwürdig.

Die Beine des Mannes.

Sie sind abgewinkelt, als würde er knien.

Und seine Füße berühren den Boden.

Zehn Jahre später

Die Reise verspricht nichts Erfreuliches, wirklich nicht.

Mamma mia, was für verbissene Gesichter ringsum.

Vermutlich aber stehe ich ihnen in nichts nach. Wenn mein Gesicht mein Innenleben widerspiegelt, dann gibt es wenig Grund zur Fröhlichkeit.

Ich laufe gerade mal wieder davon – bereits zum vierten Mal innerhalb von vierzig Jahren: Immer wenn mich der Mut verlässt oder das Schicksal es nicht gut mit mir meint, haue ich ab. Mein ganzes Leben findet Platz in einer großen Reisetasche: ein paar Klamotten, die für dreimal Wechseln ausreichen, und zwei Bücher, von denen ich mich einfach nicht trennen kann. *La Storia* von Elsa Morante und *Das Buch Hiob*. Keine Fotos, keine Briefe, keine Erinnerungen. Ansonsten nur noch mein Computer und das Fahrrad mit Elektromotor im vordersten Waggon, auf das der Zugführer aufpasst.

Mein Ziel heißt dieses Mal Orvieto. Für meine erste Flucht mit achtzehn hatte ich mir Mailand ausgesucht: Große Stadt, große Chancen, dachte ich. Doch Mailand kam mir beklemmend und verwirrend vor, zu viele Menschen, zu viel Hektik. Zwei Jahre habe ich es dort ausgehalten und mich dann für Bruneck in Südtirol entschieden: gesundes Leben inmitten der Berge und der freien Natur, Radfahren für die Muskeln, reine Luft und Äpfel, Jesses, wie viele Äpfel! Unmengen davon habe ich verdrückt, ich werde bis ans Ende meiner Tage keinen Arzt mehr brauchen. Aber ich hatte ständig eisige Füße. Deshalb bin ich dann in Richtung Süden gezogen, nach Urbino. In Urbino ist alles schön: Kinder, Erwachsene, Greise. Auch die öffentlichen Plätze sind schön; das Hässliche scheint für die Menschen in den Marken nicht vorgesehen. Seite an Seite mit ihnen zu leben bereitete mir ein gewisses Unbehagen, und das war meiner Selbstfindung nicht gerade zuträglich. Also wieder zurück nach Rom, in meine alten Startlöcher. Das ging dann eine ganze Weile, sechzehn Jahre mit Höhen und Tiefen. Ich hatte ein paar gute Freunde und eine Arbeit, die meinem Ideal von Beschäftigung ziemlich nahe kam; ich verdiente genug, um mir eine Wohnung für mich allein leisten zu können: Ich machte die Tür hinter mir zu und musste keinem schlampigen Mitbewohner Rechenschaft ablegen.

Doch dann schlug das Schicksal erneut zu, und ich war meine frisch errungene Unbeschwertheit gleich wieder los. Auch wenn es heißt, man solle Gewohnheiten beibehalten, die einem guttun, muss ich gestehen, dass ich es leid bin, immer wieder von vorne anzufangen. Doch Orvieto, so scheint mir, ist wie geschaffen, um dieses Muster zu durchbrechen.

Mein Regionalzug hat ein gutes Tempo drauf; er frisst Kilometer um Kilometer, durchquert Landschaft um Landschaft und zerreißt die Luft mit seinen gellenden Pfiffen. Bei einem Stopp an einem der

Bahnhöfe fällt mein Blick auf eine mit Graffiti überzogene Wand jenseits der Bahnsteigüberdachung. Ich habe eine Vorliebe für Schriften auf Wänden; diese farbigen Schnörkel und Kunstwerke sind in meinen Augen stets ein Schlüssel zur Volksseele.

Ich lehne mich gegen das Fenster. Das Ziel meiner Reise ist nicht mehr weit. Rasch sammle ich meine Siebensachen zusammen und gehe durch den Gang in Richtung Kopfwaggon. Der Zugführer händigt mir das Fahrrad aus und lüpft seine Mütze zum Gruß.

Ich steige aus, befestige die große Reisetasche am Gepäckträger des Rads, schwinge mich auf den Sattel und fahre bis zur Seilbahn.

In der Nähe der Seilbahnstation sehe ich an der Mauer eine Inschrift aus Mussolini-Zeiten.

MAN KEHRT NICHT UM

Ein neues Leben erwartet mich.

Zur rechten Seite erhebt sich eine Schar, treibt meine Füße weg, wirft gegen mich ihre Unheilsdämme auf. Meinen Pfad reißen sie auf, helfen zu meinem Verderben, und niemand wehrt ihnen. Wie durch eine breite Bresche kommen sie heran, wälzen sich unter Trümmern her. Schrecken stürzen auf mich ein, verjagt wie vom Wind ist mein Adel, wie eine Wolke entschwand mein Heil. Und nun zerfließt die Seele in mir, des Elends Tage packen mich an. Des Nachts durchbohrt es mir die Knochen, mein nagender Schmerz kommt nicht zur Ruh.

Es fing mal wieder gut an, keine Frage.

Seit drei Tagen liege ich reglos auf dem Bett. Zum Glück hatte ich in einer Bed-&-Breakfeast-Unterkunft noch etwas gefunden, schließlich stehen Feiertage bevor.

Feiertage – für wen eigentlich?

Auf alle Fälle nicht für mich! Abgesehen davon, dass ich mich hundeeinsam fühle, wurde ich auch noch Opfer eines tätlichen Angriffs.

Ich schlenderte, das Fahrrad schiebend, nichts ahnend über die Piazza vor dem Dom; es war heiß, deshalb trug ich schon am frühen Morgen etwas Kurzärmliges und keine Strumpfhosen. Die Fassade des Doms war wunderschön: Die Sonnenstrahlen brachen sich in den vergoldeten Mosaikteilchen und erzeugten ein tausendfaches Schimmern. Schritt für

Schritt trat ich rückwärts zurück, um diese Pracht in ihrer ganzen Größe zu bestaunen, und näherte mich dabei einigen Terrakottatöpfen voll blühender Pflanzen, die ein Barbesitzer dort aufgestellt hatte.

Dann geschah es. In einem einzigen Augenblick stürzten Tausende und Abertausende wild gewordener Wespen aus dem Blätter- und Blütendickicht hervor und griffen mich mit einem, wie ich meinte, wahren Kriegsgeheul an. Unzählige kleine gelb-schwarz gestreifte Kamikaze umgaben mich wie eine aggressive Wolke und gingen auf mich los.

Sie stachen mich am ganzen Körper: an den Beinen, den Armen, im Gesicht und sogar durch den Stoff hindurch in meinen Rücken und meine Hüften.

Ein irrer, fast betäubender Schmerz.

Und – was tut ein Unglückswurm in einer derartigen Lage? Er rennt los. Ich raste kreuz und quer über die ganze Piazza, schrie wie eine Besessene und empfahl mich allen Heiligen, einschließlich denen des orthodoxen Kalenders. Zu Tode erschrocken hechtete der Barbesitzer in sein Lokal, kehrte mit einem Feuerlöscher zurück, und innerhalb von zehn Sekunden war ich über und über mit weißem Schaum bedeckt, ein Schneemann außerhalb der Wintersaison und auch außerhalb jeden Kontexts.

Der Feuerlöscher war meine Rettung. Einen Teil der Wespen wusch der Schaum zu Boden, wo sie starr und steif liegen blieben, während die übrigen taumelnd das Weite suchten. Ich sank fix und fertig auf die Piazza.

Zunächst kamen die städtischen Ordnungshüter, dann die Feuerwehrleute, mit Schutzmasken aus Netzgewebe vorm Gesicht. Als Letztes traf der Krankenwagen ein: Die Pfleger hoben mich auf eine Trage, schoben sie ins Auto und brachten mich ins Krankenhaus.

»Das Fah-ha-rad…«, nuschelte ich, mit dicker Zunge und Lippen wie ein Schlauchboot. »I-ich bit-te euch… es… ist… al-les, was… ich… ha-be.«

»Mach dir keine Sorgen wegen des Fahrrads.« Das war die Stimme des Mannes von der Bar, sehen konnte ich ihn nämlich nicht – so sehr waren mittlerweile auch meine Lider angeschwollen. »Ich stelle es in meinem Lokal unter. Sobald es Ihnen besser geht, kommen Sie und holen es ab, in Ordnung?«

»Ja-a… dan-ke.«

Gleich darauf wurde ich ohnmächtig.

Das Erwachen war nicht weniger traumatisch. Tausend Hände berührten mich und strichen etwas Feuchtes und Glibbriges auf meinen Körper. Jemand drehte mich auf die Seite, um mir eine Spritze zu geben, dann spürte ich eine dicke Nadel an der Armvene. Erst am nächsten Morgen erwachte ich wieder, zwar mit leichtem Fieber, aber immerhin konnte ich die Lider einen Schlitz weit öffnen. Am Abend ging es mir schon wesentlich besser, sodass ich, allergisch, wie ich nun mal gegen die Weißkittel bin, ein bisschen schwindelte, um nach Hause zu dürfen.

Nach Hause… das sind große Worte. Sagen wir besser: auf die Pritsche, die mir Signora Amelia, die

Besitzerin meiner Unterkunft, zu einem nicht gerade günstigen Preis zur Verfügung gestellt hat. Amelia, das ist ein unverbildetes Weibsbild, weitherzig und besitzergreifend. Aber auch den seltsamen, längst überholten Riten ihrer bäuerlichen Herkunft verbunden.

Amelia beschloss, sich um mich zu kümmern. Ihre erste Amtshandlung war, die Antibiotikumsalbe und alle anderen Medikamente, die das Krankenhaus mir aufgedrängt hatte, in den Müll zu werfen.

»Mistzeug, das da … Deine Amelia weiß besser, was zu tun ist.«

Dann stand sie da in meinem Zimmer mit einem Messer und einer riesigen Knoblauchknolle und begann mit Eselsgeduld, Zehe um Zehe zu schälen.

Anschließend erteilte sie mir den Befehl: »Zieh dich ganz aus.«

»Wie bitte? … Was wollen Sie machen?«

Verdattert gehorchte ich. Unter Schwierigkeiten befreite ich mich von dem bonbonrosa Spitzennachthemd, das sie mir geliehen hatte. Signora Amelia nahm die erste riesige Knoblauchzehe, schnitt sie in zwei Hälften und rieb damit jeden Zentimeter meines geschundenen, mit roten Flecken übersäten Körpers ein. Kaum war das Stückchen Knoblauch aufgebraucht, hatte sie auch schon ein neues zur Hand und wiederholte die Anwendung. So machte sie sich eine ganze Stunde lang an mir zu schaffen; erst dann gestattete sie mir ein paar Stunden Pause. Bald schon stand sie erneut in meinem Zimmer. Diesmal hatte sie eine Karaffe Olivenöl dabei, erste Pressung, von dem guten, das sie in der Ölmühle ihres Cousins besorgt hatte. Sie rieb mich damit ein, bis alles Öl eingezogen war; dann legte sie wieder mit der Knoblauchbehandlung los.

Ich ließ sie gewähren, wenn auch mit einer Prise Skepsis. Doch der Gedanke, dass sich jemand um mich kümmert, gab mir ein Gefühl der Sicherheit, wie ich es seit Jahren nicht mehr kannte. Und während Knoblauch und Öl in meine Poren drangen, konnte ich voller Zufriedenheit feststellen, dass seit den Wespenstichen nicht nur mein Ischiasschmerz, sondern auch der heimtückische Schmerz am Kreuzbein verschwunden waren, die mich seit Jahren plagten. Also stimmt die Theorie, dass das Gift dieser Insekten bei Gelenkschmerzen heilende Wirkung hat. Es handelt sich nicht nur um eine literarische Erfindung Calvinos, bei dem bekanntlich eine Wespe das Rheuma des alten Rizieri geheilt hat, nachdem Marcovaldo sie gefangen und dem Alten auf die Hüften gesetzt hatte. Wüste Verwünschungen ausstoßend, rieb sich Rizieri die geschundenen Körperteile und marschierte anschließend aufrecht wie ein Soldat einher. Er glich in nichts mehr dem buckligen und gebeugten Alten, der er zuletzt war.

Nun, ich könnte nicht sagen, ob Signora Amelias Behandlungsmethode irgendeine Wirkung zeitigte, außer dass sie mich in eine riesige Bruschetta verwandelt hatte. Tatsache ist, dass ich drei Tage nach dem Malheur wieder auf den Beinen bin. Mein Körper ist zwar noch geschwollen und mit rotem Ausschlag übersät, aber ich stelle mich kurz entschlossen unter die Dusche und rubble mich mit Litern von Duschgel ab, um den schrecklichen Gestank nach Knoblauch wegzukriegen, der mittlerweile an jedem Gegenstand in meinem Zimmer haftet.

Ich will raus, ich brauche dringend frische Luft. Ich muss mich auch beim Barbesitzer bedanken und mein Fahrrad abholen.

Und es gibt noch etwas, was ich tun muss.

Ich hoffe nur, das Glück ist mir hold.

Der einzige Unterschlupf, auf den sie bei ihrer erbärmlichen Suche stieß, war ein Kellerlokal, zu dem wenige Stufen hinunterführten und über dem ein Schild hing: Vino e cucina – Da Remo. Und da er sich erinnerte, dass er an diesem Tag wegen mangelnden Appetits seine Essensration einem Kameraden überlassen hatte, verspürte er jetzt doch ein unmittelbares Bedürfnis nach Nahrung. Er stieg hinunter und betrat das Lokal, angelockt von dem Versprechen auf einen wenn auch nur kleinen Trost.

Nur das Vorderlicht ist kaputt und das hintere Schutzblech leicht verbogen.

Ich hatte mit Schlimmerem gerechnet, wenn ich bedenke, mit welcher Wucht ich das Fahrrad beim ersten Wespenstich zu Boden geschmettert hatte.

Der Barmann Alfredo ist ein wirklich lieber Kerl. Er stammt aus den Maremmen und flucht wie ein Bierkutscher. Vielleicht ist er mir deshalb so sympathisch. Er bietet mir ein mit Fenchelsalami belegtes deftiges Brötchen an, das ich dankend annehme, um ihm gegenüber nicht unhöflich zu erscheinen – nur aus diesem Grund; in Wirklichkeit wären mir eine schöne heiße Fleischbrühe und etwas Parmesan darüber viel lieber. Ich plaudere ein wenig mit ihm und verabschiede mich im Bewusstsein, dass seine Bar von heute an mein Fels in der Brandung ist.

Ich nehme den anderen Ausgang, vermeide die inzwischen präparierten Blumentöpfe und gelange rasch zu der Straße, die vom Dom zum Corso führt. Nach rund hundert Metern bin ich am Ziel und halte vor einem Geschäft an.

Das Ladenschild ist verblasst, aber noch lesbar.

Die Außenverkleidung besteht aus einem warmen, dunklen Nussbaumholz. Das massive Holz umrahmt im englischen Stil zwei Schaufenster, deren Auslagen in Erdtönen, Ocker und Orange gehalten sind.

Ich stehe vor der schönsten Buchhandlung, die ich je gesehen habe. Sie ist nicht zu groß, nicht zu klein, und sie hat antiquarische Bücher und Neuerscheinungen im Sortiment. Noch edler wirkt sie dank der Kunstobjekte hier und da, die eindeutig von gutem Geschmack zeugen. Sie hat nichts, aber auch gar nichts gemein mit den riesigen Supermärkten des bedruckten Papiers, in denen man sich nicht einmal mit Kompass und Spürhunden zurechtfindet. Ich lehne das Fahrrad gegen die Mauer, schließe es ab und trete ein.

Die Beleuchtung ist gedämpft, aber es ist hell genug, um den gut aussehenden älteren Herrn zu entdecken, der tief versunken in ein Buch in einem Ledersessel hinter der Theke sitzt. Er wird so um die siebzig sein. Sein weißes Haar ist glatt nach hinten gekämmt. Er trägt einen eleganten dunkelblauen Nadelstreifenanzug mit Weste. Als er sieht, dass ich auf ihn zusteuere, schließt er sofort das Buch und erhebt sich. Sein Lächeln ist einladend, doch es verändert sich deutlich, als ich nahe genug bin und er mein geschundendes Gesicht vor Augen hat. Ganz Gentleman, stellt er keine Fragen; doch ich sehe mich veranlasst, ihm Erklärungen über mein seltsames Aussehen zu liefern, und erzähle ihm ausführlich mein hässliches Abenteuer mit den Wespen.

»*Poffare!* Wie zum Himmel ist das möglich!«

Poffare, genau so sagt er.

»Sie Ärmste«, fährt er fort. »Die haben Sie wohl mit einem Eindringling verwechselt und wollten ihr Territorium verteidigen. Geht es jetzt schon besser?«

»Ja, danke. Sehr viel besser. Abgesehen von der Schwellung und meiner Mattigkeit – das Schlimmste ist überstanden. Und um ehrlich sein, mehr als ich haben die Wespen dabei ihr Fett abgekriegt: Mit Löschschaum und einer ausgiebigen Ladung Insektenvertilgungsmittel haben die Feuerwehrleute sie vernichtet.«

»›*Ahi la vespa / come'è pesta! / Era vispa, / non fu lesta*‹, so heißt es doch aus der Dichterfeder. Aber sagen Sie an, Signorina, wie kann ich Ihnen behilflich sein? Suchen Sie ein bestimmtes Buch? Sie können sich auch gerne in Ruhe umsehen. Ich stehe ganz zu Ihren Diensten.«

»Nun, ja … ich, hmm, eigentlich …«

Ich bin total verlegen und weiß nicht, wo anfangen. Doch nach kurzem Zögern platzt es aus mir heraus: »Hören Sie, in Wirklichkeit bin ich nicht wegen der Bücher hier. Also, das heißt, nein, ich wollte sagen … Ich bin schon wegen der Bücher hier, aber … Nicht, um welche zu kaufen... Nein, verzeihen Sie, auch um sie zu kaufen; ich werde welche kaufen, sicher doch, ich kaufe immer welche. Es ist nur... ich würde...« Ich nehme meinen ganzen Mut zusammen und spucke dann, ohne Atem zu holen, den ganzen Satz aus. »Ich wollte Sie bitten, mich als Buchhändlerin bei sich anzustellen.«

»Hoho, so ein *Hundebraten*!«

Hundebraten, genau so drückt er sich aus.

»Verzeihen Sie, meine Gute, aber ich bezweifle, dass ich einer solchen Hilfe bedarf. Hier kommen nicht viele Leute herein, und ich bin durchaus in der Lage, das Geschäft allein zu bewältigen. Sie wissen sicher auch, dass es in der Stadt eine Schule für Buchhändler gibt, und wenn es tatsächlich notwendig sein sollte, könnte ich auf einen jener Schüler zurückgreifen, die nur darauf warten, eine Lehre machen zu dürfen. Es tut mir wirklich leid, aber die Situation...«

»Sie haben ja recht«, unterbreche ich ihn, um ihn aus der peinlichen Situation zu befreien, doch in dem Moment überkommt mich ein heftiger Juckreiz an den Armen, und ich muss mich wie wild kratzen, was die roten Flecken auf der Haut nur noch vergrößert. Wer weiß, wie viel Gift ich noch in meinem Organismus habe. »Entschuldigen Sie meine Unverfrorenheit, aber Sie müssen wissen, ich bin gerade aus Rom hierhergezogen, ich habe noch nicht einmal eine Unterkunft. Und dann diese Wespen, die mir immer noch zu schaffen machen. Ich bin ganz allein, ich kenne keine Menschenseele, und das Einzige, womit ich mich auskenne, sind Bücher ... Ich dachte, dass ... vielleicht ... Nun gut, ich will Ihnen nicht noch mehr von Ihrer Zeit stehlen. Danke, dass Sie mir zugehört haben, wie auch immer ...«

Ich mache kehrt und steuere traurig, mit hochgezogenen Schultern, getragenen Schrittes den Ausgang an.

»Einen Augenblick, meine Dame ... mein Fräulein.«

Schlagartig wird mir bewusst, dass ich mich nicht einmal vorgestellt habe. Ich mache kehrt.

»Ferraris. Matilde Ferraris. Fräulein ...«

»Woher sind Sie denn so vertraut mit Büchern, Fräulein Ferraris?«

»Ich ... ich ... also seit ich auf der Welt bin, tue ich nichts anderes als Bücher lesen und Bücher kaufen. Ich besitze Unmengen Bücher, aber ich habe sie nicht mitnehmen können. Und dann, hmm ...«, nun werde ich ganz winzig und bescheiden, »in den letzten Jahren habe ich in einem Schreibwarenladen mit Büchersortiment gearbeitet.«

»Nun also, das ist nicht genau das Gleiche, verehrtes Fräulein. Die Führung eines Ladens, in dem in erster Linie Büroartikel verkauft werden, ist etwas ganz anderes. Nicht, dass Sie mich falsch verstehen, aber auch die Kundschaft ist ...«

»Ja, ich weiß«, unterbreche ich ihn erneut, auf die Gefahr hin, als schlecht erzogen und besserwisserisch zu erscheinen. »Aber es ist mir nie geglückt, etwas Passendes zu finden. Die wenigen echten Buchhandlungen, die sich interessiert zeigten, boten mir einen Hungerlohn. In dem Schreibwarenladen mit Büchersortiment war die Bezahlung zumindest menschenwürdig. Gewiss, es war frustrierend, mit ansehen zu müssen, wie die Verkaufsregale mit den Tintenpatronen und Radiergummis leer gekauft wurden, während die paar Bücher herumstanden und immer mehr Staub ansetzten. – Ach, könnte ich doch meinen Traum wahr werden lassen.«

»Saperlott!«

Saperlott!, genau so sagt er.

Sein mitfühlender Blick ruht auf mir. Klar doch, ich tue ihm leid. Vielleicht sollte ich die Gelegenheit nutzen und einen weiteren Vorstoß wagen. Aber das scheint nicht mehr nötig zu sein.

»Nun, wenn ich noch einmal nachdenke, eine feste Mitarbeiterin käme mir durchaus gelegen. Wissen Sie, ich bin über siebzig und habe nicht mehr die Energie von früher. Arbeiten wie das Umstellen von Büchern von einem Regal ins andere oder die Verwaltung des Lagers werden für mich immer mühsamer. Einverstanden, Fräulein Ferraris. Kommen Sie am Montag Punkt neun Uhr: Probieren wir es aus, ich freue mich darauf, mit Ihnen diesen viel zu still gewordenen Raum zu teilen.«

Er spricht es zwar nicht aus, aber sicher hofft er, dass bis Montag die Schwellung und die roten Flecken verschwunden sein werden und damit auch die Gefahr, Kunden zu verschrecken. Ich werfe ihm die Arme um den Hals.

»Danke, vielen Dank! Oh ... Danke! Sie werden es nicht bereuen, Herr ... Doktor ...«

Er öffnet an der rechten Seite des Ladentischs eine Schublade, greift hinein und reicht mir eine Visitenkarte: ›Professore Sergio Paolini‹ steht da in geschwungenen Lettern, darunter die Adresse des Ladens und die Telefonnummern.

»Ich erwarte Sie also Montag um neun, liebe Matilde. *Buongiorno.*«

Buongiorno, jawohl, der Tag hat gut angefangen. Das muss gefeiert werden.

Alfredo, Alfredo!

Die Weisheit aber, wo ist sie zu finden, und wo der Einsicht Ort? Verhüllt ist sie vor aller Lebenden Auge, verborgen vor den Vögeln des Himmels. Abgrund und Tod sagen: Unser Ohr vernahm von ihr nur ein Raunen.

Die Töne, die mich umgeben, haben mit einem Raunen nichts zu tun. Professor Paolini ist ein Verehrer klassischer Musik und verzichtet nie auf ihre Begleitung im Hintergrund – Sonaten, Symphonien, Streichquartette –, die das Gemüt sanft stimmen und mir in den ersten Tagen inmitten von Büchern und Regalen Gesellschaft leisten. Ich lasse mich von den Tempi und Rhythmen der Achtel- und Sechzehntelnoten leiten und tragen, und es kommt mir vor, als streiften meine Füße nur flüchtig den Terrakottaboden, wenn ich zwischen den kostbaren antiken Bänden Pirouetten drehe und sie behutsam, um ihnen ja keinen Schaden zuzufügen, mit einem Federwedel vom Staub befreie. Ich überprüfe, ob jedes Ding an seinem Platz ist, beinahe so, als baute ich ein Bühnenbild auf: Die Ausrichtung der mächtigen Lesepulte, auf denen die wertvollsten Exemplare ruhen, von einem zentralen Licht angestrahlt; den großen, dunklen Globus aus dem 18. Jahrhundert, auf einem Perserteppich in der Nähe des Schaufensters aufgebaut; die zwei kleinen Tische aus Kirschbaumholz mit den passenden grazilen Ledersesseln, gedacht für jene, die die kostbaren Bände bequem im Sitzen begutachten möchten. Anschließend versuche ich mit einer gewissen Mühe, die zahlreichen Neuerscheinungen zu ordnen: Ach, wie viele Schriftsteller gibt es doch! Und wie wenige Leser …

Ich gehe einige Stufen nach unten und gelange in das Souterrain. Dort, auf der rechten Seite, führt eine geschlossene Tür zum Lagerraum, in dem die Remittenden liegen und die Bände, die katalogisiert werden müssen. In der Mitte gibt es eine weitere Tür, hinter der sich eine winzige Abstellkammer mit dem WC und Reinigungsmitteln verbirgt. Linker Hand hingegen geht es zu einem kleinen Saal mit orange-grünen Wänden, dicht bestückt mit Regalen voller Klassiker und zeitgenössischer Literatur, im hinteren Teil des Saales steht auf einer Art Bühne ein Zimmerflügel. Hier veranstaltet der Professor hin und wieder kleine Konzerte oder Autorenlesungen. Für solche Abende wird der Saal mit Thonetstühlen bestückt und verwandelt sich in ein kleines Theater.

Nicht viele Personen betreten den Laden. Es ist eine Touristengegend, und für gewöhnlich hegen Touristen kein ausgeprägtes Interesse für Buchhandlungen. Was die Bewohner von Orvieto betrifft, verhält es sich im Übrigen auch nicht viel besser; abgesehen von gut einem Dutzend Stammkunden lassen sich hier nur Schüler auf der Suche nach Texten blicken, zu deren Lektüre sie seitens der Schule verdonnert sind; oder Damen, die aufwendig frisiert, manikürt und gestylt zielstrebig den neuesten aufsehenerregenden Bestseller erwerben wollen.

Doch ich beklage mich nicht. Die stille und ungestörte Atmosphäre wirkt besänftigend auf mich, und ich werde ganz friedlich. Gemächlich spaziere ich an den Bücherregalen entlang und genieße das träge Dahinfließen der Zeit. Ich mache meine Beobachtungen, blättere Bücher durch, ordne und katalogisiere sie, während der Professor hinter seiner Verkaufstheke sitzt, versunken in die Lektüre eines antiken Bandes oder sich am Kinn reibend in seinen Gedanken.

Ab und zu schreckt mich das Eintreten eines Kunden auf, der beraten werden möchte. Da gibt es die Gebildeten und Informierten, aber auch die Unbedarften, die entweder losgeschickt wurden, um einen Bücherkauf zu tätigen, oder die beabsichtigen, mit einem Buch als Geschenk *bella figura* zu machen. Gestern Nachmittag erst hatte ich so ein Erlebnis. Ich stand gerade auf der obersten Stufe einer Regalleiter, als ein distinguierter Herr eintrat.

»Guten Tag, der Herr«, flötete ich und stieg eilig hinab. »Womit kann ich Ihnen dienen?«

»Ja, ich suche den *Rasenden Roland* von Dante Alighieri.«

»Hm … Sie verzeihen …«, erwiderte ich peinlich betreten. »Aber der ist von Ludovico Ariosto …«

»Mag sein, aber ich brauche den von Alighieri. Wenn Sie den nicht haben, kann ich auch woanders danach suchen …«

Ich hatte weder die Energie noch die Lust, angemessen zu reagieren. Und so habe ich ihm geantwortet, dass wir das Buch nicht vorrätig hätten, und ja, er solle das Werk gerne andernorts suchen.

An meinem ersten Arbeitstag hingegen konnte ich nur mühsam verhindern, lauthals loszuprusten, als eine Kundin mich wie aus der Pistole geschossen fragte: »Entschuldigung, aber können Sie mir sagen, ob Sie von Jacopo Ortis *Die letzten Briefe* dahaben?« Der Professor bemerkte natürlich meinen inneren Lachkrampf und schaute mich streng an: Seine Philosophie lautet nun einmal, dem Kunden in jeder Situation Zuvorkommenheit zu zeigen, und er duldet keine Ausnahme.

Aber ich bin nicht so großherzig. Zuweilen würde es mir schon gefallen, die Fehlerlöschmaschine zu besitzen, mit der Gianni Rodari den Herrn Professor Grammaticus durch Italien ziehen ließ: Mit diesem Höllengerät sollten sämtliche Fehler, die in den Lüften kreisten, aufgesogen und den Leichtsinnigen, die Böcke schossen, Ohrfeigen und Schläge verpasst werden; das geschah mit solcher Heftigkeit, dass die Ärmsten Gefahr liefen, auf der Strecke zu bleiben.

Nichtsdestotrotz komme ich bei meiner neuen Arbeit ganz gut zurecht, und der Herr Professor wirkt von Tag zu Tag zufriedener. Nun stehen wir beide hinter der Ladentheke, und er erläutert mir mit Engelsgeduld das Für und Wider der *Ritterlichen Ratschläge* von Francesco Birago, ein Werk aus dem Jahr 1623, das er kürzlich erst erworben hat. Sanft streichen seine Hände in dünnen Latexhandschuhen über die anthropomorphen Figuren und die Putten, die auf dem Deckel eingraviert sind; behutsam blättert er die leicht abgegriffenen Seiten durch, weist mich auf einen Tintenklecks hin, der einige Worte unleserlich macht. Er freut sich über den guten Zustand des Buches, und seine Augen beginnen zu funkeln, als er, auf der letzten Seite des Bandes angelangt, auf die Verteidigungsrede des Tasso stößt, der sich gegen die Beschuldigungen des Olevano zur Wehr setzt, er habe sich nicht an die ritterlichen Regeln gehalten, als er im siebten Buch von *Das befreite Jerusalem* die Herausforderung zwischen Tancredi und Argante schildert.

Der Zauber ist in dem Moment dahin, als der Laufkellner von Alfredo hereinplatzt; es ist kurz vor Ladenschluss, und der Professor hatte telefonisch zweimal Tee mit Keksen bestellt.

»Kommen Sie, Matilde. Machen wir es uns bequem«, sagt er und bedeutet mir, mich zu einem der Kirschholztischchen zu begeben. »Ich bezweifle, dass heute Abend noch irgendjemand auftauchen wird; wir wären ja zwei Banausen, wenn wir diese Gelegenheit nicht nutzen.«

Es ist das erste Mal, dass wir ein paar Minuten ganz für uns haben. Ihm zuzuhören bereitet mir Vergnügen, und gerne würde ich mehr über ihn erfahren.

»Mit dem größten Vergnügen, Herr Professor. Nehmen Sie Zucker?«

»Nein, danke! Schwarztee muss *nature* genossen werden! Nur so entfaltet sich das Zusammenspiel seiner Wohlgerüche voll und ganz.«

Noch während er diese Worte ausspricht, bin ich drauf und dran, einen gehäuften Teelöffel Zucker in meine Tasse zu schaufeln. Ich kann gerade noch innehalten.

»O ja … das sehe ich auch so«, lüge ich. Ich versinke im Sessel und nehme den ersten Schluck. Bitter. Schrecklich. Ich verziehe unmerklich die Lippen und verkneife mir eine Grimasse. »Welch ein Geschmack … Was für ein göttliches Aroma …«

»Nach Holz und Unterholz. Es ist ein indischer Oolong, der gute Alfredo hat ihn eigens für mich im Angebot, er kennt meine Leidenschaft für diese Sorte. Es freut mich, meine Liebe, dass auch Sie ihn schätzen. Wir werden sicher gut miteinander harmonieren. Es wäre schön gewesen, wenn Sie zu meinen Schülern gehört hätten.«

»Was haben Sie unterrichtet, Professor?«

»Altgriechisch und Latein, in einem humanistischen Gymnasium in Perugia. Doch nach dem Tod meines Vaters musste ich mich zwischen dem Lehrerberuf und der Verwaltung unseres Familienbesitzes entscheiden, zu dem eben auch diese Buchhandlung zählt. Sie gehörte meinem Großvater. Allein die Vorstellung, sie irgendeinem Rohling zu überlassen, der weder ihre Vergangenheit noch die Atmosphäre geschätzt und, wer weiß, sie vielleicht in einen Supermarkt verwandelt hätte, bereitete mir

Seelenqualen. So habe ich den Laden mithilfe meines Bruders betrieben, der aber vor ein paar Jahren bei einem schlimmen Autounfall ums Leben kam.«

»Wie schlimm! Das tut mir leid … Und … sind Sie verheiratet?«

»Nein, ich bin ebenfalls *signorino*«, sagt er glucksend. »Und alles in allem bin ich froh darum. Die Freiheit ist ein hohes Gut.«

Wem sagen Sie das … denke ich.

»Und Sie, Matilde, welche Studien haben Sie betrieben?«

»Klassische Geisteswissenschaften. Aber brotlos. Ich war Babysitterin, Vertreterin für Enzyklopädien, habe mich als Sekretärin versucht … Und endlich, Ihnen sei Dank, kann ich das tun, was ich liebe.«

»Oh, ich bitte Sie! Trotz meiner anfänglichen Skepsis, Sie einzustellen, muss vielmehr ich Ihnen dankbar sein. Es ist schön, jemanden an der Seite zu haben, mit dem man eine Leidenschaft teilen kann, die bei allzu vielen als *démodé* gilt.«

Schweigsam verharren wir ein Weilchen und schlürfen die bitter schmeckende dunkle Flüssigkeit, die mir – welche Überraschung! – Schluck für Schluck zu munden beginnt.

»Beabsichtigen Sie, früher oder später nach Rom zurückzukehren?«, fragt der Professor mit einem Mal.

»Ich glaube nicht«, erwidere ich kopfschüttelnd. »Nun, in Wahrheit weiß ich es nicht. Für den Augenblick würde ich Nein sagen. In Rom gibt es nichts, das mir wert wäre zurückzukehren.«

»Wie sind wir nur dramatisch! Ist es tatsächlich so, dass dort nichts auf Sie wartet?«

»Sagen wir mal, dass mich dort niemand erwartet, das ist es.«

»*Saperlott!* Offen gestanden, ich habe Mühe, das zu glauben. Eine solch feinfühlige Person wie Sie, ich kann ...«

»Sie werden es schon noch glauben, wenn Sie mich besser kennen. Vielleicht bin ich gar nicht so, wie ich nach außen wirke. Ich habe Schlimmes durchgemacht und fühle mich wie ein seelischer Krüppel.« Meine gute Laune schwindet merklich. »Ehrlich gesagt, habe ich keine große Lust, darüber zu sprechen. Sie verzeihen mir das. Vielleicht irgendwann einmal ...«

»Kopf hoch, meine Liebe. Früher oder später kommt alles wieder ins Lot«, versucht er mich zu trösten und streicht mir leicht mit der Hand übers Haar. »Es ist Zeit zu schließen«, sagt er und wirft einen Blick auf die Pendeluhr an der Wand. »Schlafen Sie darüber. Gibt es etwas, was Ihnen spontan Mut machen würde?«

Lächelnd sage ich: »Eine Wohnung zu finden. Ein echtes Zuhause.«

Für sie waren jene Rauschabende auch Festabende, denn in der Weinseligkeit entfaltete der Vater nach dem Schwenken der Flaggen des Aufruhrs uneingeschränkt seine naturgegebene gute Laune und seine bäuerliche Kultur, verwandt seit Urzeiten mit Tier und Pflanze.

»Bei dem ist doch alles grottenverkehrt, der müsste von Grund auf neu gebacken werden!«

Das ist Alfredo, wie er leibt und lebt. Ein Toskaner aus Grosseto, ein Ghibelline, ein Ungläubiger, ein Pfaffenfresser und obendrein ein Erzkommunist. Aber vor allem ist er einer, der pfeilscharfe Wortwurfgeschosse aufs Feinste drechselt, also ein echter Fachmann in der unausrottbaren Volkskunst des Fluchens.

»Die Geier sollen sie holen und den vermaledeiten Tag dazu, an dem sie auf die Welt kamen!«

Soeben hat er in der Zeitung von der Verhaftung eines pädophilen Priesters gelesen und kommentiert die Missetat jetzt auf seine Weise.

»Mir gehen die Pfaffen echt auf die Eier. Und wenn's auch noch linke Pfaffen sind, kommt mir das Kotzen.«

»Jetzt aber, Alfredo!«, platzt ein Stammkunde heraus, der am Tisch sitzt und Nusslikör trinkt. »Du kannst nicht immer alle über einen Kamm scheren. Es gibt doch auch solche, die Gutes tun, oder nicht?«

»Gerade du hältst besser die Klappe! Du bist ein noch viel größerer Schwätzer als jeder Christdemokrat, trotz seiner penetranten Heiligkeit der Familie!«

Und dann legt er los mit seinem Geschwalle gegen Gott und die Welt und sämtliche Heilige.

Er hat wirklich einen Giftzahn. Zu Zeiten der heiligen Inquisition wäre es dem armen Alfredo ziemlich schlecht ergangen: Wer fluchte, der bekam hundert Peitschenhiebe, danach die Zunge abgesäbelt, und schlussendlich wurde er bei lebendigem Leib begraben. Mein Freund hier wäre geendet wie Antonino Gorgone, Galluzzo genannt. Dieser war ein sizilianischer Bauer und Gotteslästerer, dem im Jahr 1724 die Inquisitoren den Mund mit einem Schraubbiss verschlossen, um ihn daran zu hindern, weiterhin zu fluchen und gotteslästerliche Reden zu schwingen; er wurde in Ketten durch die Straßen geschleift und dem Hohn und Spott der Leute ausgesetzt.

Ich frage mich, wieso die Gottesgläubigen so unerbittlich gegen Lästerer vorgehen: Im Grunde erkennt derjenige, der gegen Gott aufbegehrt, auf diese Weise implizit die physische Existenz eines göttlichen Wesens an. Außerdem kann ein gesundes Fluchen einer gewalttätigen Lösung menschlicher Streitereien durchaus vorbeugen. »Wenn ihr wütend seid, dann zählt bis vier. Seid ihr aber sehr wütend, dann flucht kräftig«, sagte Mark Twain.

Mich bringt Alfredo, wenn er so vom Leder zieht, immer zum Lachen, und ich stachle seine Hitzigkeit sogar noch an. Ich erzähle ihm zum Beispiel die Geschichte von Guy Desnoyers, Pfarrer in einem abgelegenen Dorf im Tal der Loire, der im Jahr 1956 die junge Régine schwängerte. Als die Unglückselige dann im achten Monat war, bemühte sich der Pfaffe eigenhändig darum, das Kind auf die Welt zu bringen: Er schnitt Régine den Leib auf und zog das Geschöpf aus ihr heraus. Dann nahm er das Neugeborene auf den Arm, taufte es mit dem Blut der Mutter, um ihm anschließend mit dem Dolch die Kehle durchzuschneiden. Auf diese Weise war er gewissenhaft seiner Pflicht als Priester nachgekommen: Er hatte eine Sünderin ihrer gerechten Strafe zugeführt und die Frucht einer Sünde beseitigt, nicht aber ohne die Kreatur zuvor von der Erbschuld zu erlösen, um ihr so den Zutritt zum Paradies zu sichern.

»Die verlorene Seele von einer Wildsau-Eva! Und was ist aus diesem Stück Scheiße geworden?«

»Er bekam Lebenslänglich. Damals gab es in Frankreich zwar noch die Guillotine, aber die Richter entschieden, dass es wesentlich grausamer sei, ihn bis ans Ende seiner Tage mit der Schuld seines Verbrechens hinter Gittern schmoren zu lassen. Nach rund zwanzig Jahren wurde er begnadigt; er zog sich in ein Kloster zurück und überließ sich fortan der stillen Meditation; wenn ich mich recht entsinne, starb er zu Beginn des dritten Jahrtausends.«

»Verdammt und zugenäht… Ihn zu pfählen wäre doch wesentlich besser gewesen! Das lass dir gesagt sein. Und dann haben die noch immer die Dreistigkeit, auf die Kommunisten zu schimpfen: Also wir, wir dürfen keine Kinder fressen, aber diese Schweinepriester dürfen sie abstechen und vergewaltigen, das geht dann in Ordnung!«

Dieser Allgemeinplatz würde gut in das von Gustave Flaubert zusammengestellte *Wörterbuch der Gemeinplätze* passen, zusammen mit Sprüchen wie »Es gibt keine Übergangszeiten mehr« und »Es herrscht die Krise, ja Krise, aber die Restaurants sind brechend voll«. Doch das ist nebensächlich: Meine Sympathie für Alfredo nimmt dadurch keinen Schaden. Die Diskussion hat ihn derart in Wallung gebracht, dass ihm der Schweiß aus den Nasenporen tritt und seine Brille herunterrutscht; mit dem rechten Daumen fasst er an den Nasensteg des Gestells und schiebt es wieder nach oben. Von Zeit zu Zeit knotet er die Schleife seiner Schürze neu, die er um seinen leicht vorgewölbten Bauch gebunden hat, das einzige Anzeichen von Fülle seiner sonst schlanken Figur – nicht schlecht für einen Fünfzigjährigen, muss ich sagen.

Ich würde liebend gern noch ein Weilchen bleiben, aber meine Mittagspause ist halb vorbei, und ich will noch eine Runde auf dem Fahrrad drehen.

»Ciao, Alfredo«, sage ich und steige von dem Podest an der Theke hinunter. »Ich radle noch ein bisschen herum, um deine Panini zu verdauen. Ich komme nachher noch mal auf einen Kaffee vorbei.«

»Geht in Ordnung, *bella*. Viel Vergnügen!«

»Danke. Ach ja, und danke auch, dass du mein Fahrrad repariert hast.«

»Nicht der Rede wert! Wenn wir uns unter Gleichgesinnten nicht helfen ...«

In den Mittagsstunden durch die Gegend zu stromern ist eine wahre Freude, denn die Straßen sind jetzt so gut wie leer. Gemütlich fahre ich durch die Sträßchen und Gassen rings um den Dom und gelange auf den großen Corso, wo ich gegen die Fahrtrichtung bergabwärts brause. Die Geschäfte sind geschlossen, bis auf die Bars und Restaurants. Die Bewohner Orvietos haben sich in die Häuser zurückgezogen. Ich verlangsame mein Tempo und biege linker Hand in ein Sträßchen ein. Es ist ein schmaler Schlauch aus eng aneinandergebauten, niedrigen ockerfarbenen Häuschen, die Fensterlaibungen sind aus hellem Porphyr und mit Metallstreben geschützt, daran hängen Blumentöpfe voll farbenprächtiger Blüten und duftender Kräuter: Petunien, Lavendel, Surfinien, Basilikum, Rosmarin, Pfefferminz, Weihrauch. Eine leichte Brise trägt das betörende Gemisch der Wohlgerüche durch die Gasse, unterstützt von Küchenaromen wie angebratenem Knoblauch, Tomatensauce – und Abfällen. Zeit meines Lebens haben Gerüche einen große Rolle gespielt: Der Duft von ofenwarmen Biskuits erinnert mich an meine Kindheit im Internat, wo die Lernschwestern für uns köstliches Gebäck zubereiteten; der Geruch von Lederwaren ruft die endlosen Nachmittage in Erinnerung, die ich als Teenager im Reitstall verbracht habe; der Geruch von Holz ist fest verbunden mit einer verzierten Dose, in der meine Großmutter Ketten und Ringe aufbewahrte. Als Kind schmückte ich mich heimlich damit, wenn die Großen ihr Mittagsschläfchen hielten.

Ich bremse abrupt und steige ab.

An der Mauer am Ende der Straße steht schwarz gesprüht ein Satz:

DER PAPST SETZT SICH EINEN SCHUSS
UND SIEHT GOTT

War Alfredo etwa hier?

Seitdem ich in Orvieto bin, war mir keine derartige Schrift auf irgendeiner Mauer im historischen Stadtkern unter die Augen gekommen. Das hier ist eine blitzblanke Stadt. Wer aber ist dieser Schmierfink?

Ich setze meine Fahrt fort. Ich brauche unbedingt noch einen Kaffee, bevor ich in die Buchhandlung zurückkehre. Also überquere ich den Hauptcorso und fahre Richtung Dom zuück zur Bar.

Ich bin gerade im Begriff, meinen Espresso zu trinken, da stürzt Professor Paolini herein.

»Matilde, wie gut, dass ich Sie hier antreffe. Kommen Sie mit, ich bitte Sie darum. Es gibt eine Neuigkeit.«

»Ist eine Sonderausgabe eingetroffen?«

»Nein, stellen Sie keine Fragen, Sie werden es gleich erfahren.«

Ich folge ihm wortlos. Was wird er mir so überaus Geheimnisvolles zu zeigen haben?

Der Professor legt ein Tempo vor, als wäre der Teufel hinter ihm her, und ich habe Mühe, ihm auf den Fersen zu bleiben. Ich keuche hinter ihm drein, ab und an schaut er nach hinten, um zu kontrollieren, ob ich noch da bin. Wie zwei Raketen schießen wir an der Buchhandlung vorbei.

»Aber … Herr Professor! Was ist mit dem Laden? … Es ist Zeit aufzuschließen …«

»Ich hab Ihnen doch gesagt, keine Fragen, verflixt! Auf, auf, beeilen Sie sich!«

Gehorsam tue ich, was er befiehlt. Wir erreichen den Corso, biegen nach links ab, legen einige Meter zurück und kommen in die Straße, die parallel zur Buchhandlung verläuft. Noch wenige Schritte, dann bleibt der Professor plötzlich vor einem schmalen Gartentor stehen. Ich pralle gegen seinen Rücken, denn mit einem derart abrupten Stopp habe ich nicht gerechnet.

»Wir sind am Ziel.«

»Am Ziel von was?«, frage ich verdattert. »Darf ich vielleicht wissen, was …«

»Später, später. Halten Sie Ihre Ungeduld im Zaum.«

Er hebt den Zeigefinger, drückt auf einen Knopf der Gegensprechanlage. »Rocca-Cacciapaglia« steht auf dem Klingelschild.

»Ja?«, antwortet eine krächzende Frauenstimme aus der Gegensprechanlage.

»Olà, ich bin's, Sergio.«

Unmittelbar darauf klickt der Türschließer.

»Bitte sehr, Matilde. Ich gehe voraus«, sagt der Professor und bedeutet mir einzutreten.

Ich lasse die Tür angelehnt. Ein Dutzend Treppenstufen trennen uns von einer grün gestrichenen Haustür, die sich öffnet, kaum sind wir auf dem Treppenabsatz angelangt. Auf der Schwelle erscheint eine Dame um die sechzig oder älter mit einer rötlichen Lockenfrisur, die das Ergebnis einer vor Kurzem erst sorgfältig gelegten Wasserwelle ist. Sie ist in ein orientalisch anmutendes Gewand gehüllt, obgleich ihre Figur es zuließe, dass sie eng anliegende, figurbetonte Kleidung trägt. Ihre Füße stecken in Türkenpantoffeln mit nach oben gebogener Spitze. Hinter Brillengläsern, fast so dick wie Flaschenbodenglas, schaut sie uns mit zusammengekniffenen kleinen Augen an. Alles in allem könnte man ihre Erscheinung als anziehend bezeichnen und mit Sicherheit als bizarr.

Der Herr Professor gibt ihr die Hand, verneigt sich, und seine Lippen streifen kaum merklich ihre altersfleckige Hand mit einem dicken Ring an jedem Finger. Ungerührt, beinahe hochnäsig lässt sie ihn gewähren.

»Matilde, darf ich Ihnen meine Freundin Giorgina Cacciapaglia vorstellen?«

»Angenehm, Matilde Ferraris«, sage ich lächelnd und reiche ihr meine Rechte, was die Signora lustlos und schlaff erwidert.

»Trretet rruhig näherr«, sagt sie mit rollendem R.

Dann lässt sie die Tür mit einem harten Knall ins Schloss fallen.

Kommt es von deiner Einsicht, dass der Falke sich aufschwingt und gen Süden seine Flügel ausbreitet? Fliegt auf dein Geheiß der Adler so hoch und baut seinen Horst in der Höhe? Auf Felsen wohnt und nächtigt er, auf der Felsenzacke und an steiler Wand. Von dort erspäht er die Beute, seine Augen schauen in die Weite. Nach Blut schon gieren seine Jungen; wo Erschlagene sind, ist er zur Stelle.

Die Signora rollt nicht nur das R.

Giorgina Cacciapaglia, verwitwete Rocca, Hellseherin und Parapsychologin, verwandelt auf magische Weise das B in P, das G in C und das D in T – das Verstümmeln von Wörtern scheint eine Leidenschaft von ihr zu sein. Wenn sie spricht, bleibt ihre Oberlippe starr, wodurch sie noch schwerer zu verstehen ist.

Für Giorgina Cacciapaglia, verwitwete Rocca, sind Kartenlegerinnen das reinste Grauen.

Und das Wichtigste: Giorgina Cacciapaglia, verwitwete Rocca, stellt mir einen Teil ihres Hauses zur Verfügung.

Viele Einzelheiten dessen, wie und warum Professor Paolini eine derart absonderliche Person zu seinem Bekanntenkreis zählt, entziehen sich meiner Kenntnis – zumindest im Moment noch. Die beiden wirken wie absolute Gegensätze, wie Zucker und Salz,

Fleisch und Fisch, Wasser und Wein, doch zugleich spüre ich eine gewisse Vertrautheit zwischen ihnen.

Der Professor speist häufig bei ihr, und Giorgina wirft sich ins Zeug, um für ihn kulinarische Schöpfungen zuzubereiten, bei denen er als Versuchskaninchen herhalten muss und die leider immer viel zu kreativ und viel zu stark gewürzt sind. Sie hat einen Speisenplan ausgearbeitet, der auf der Prädisposition der Sternzeichen für bestimmte Speisen aufbaut. Die Rezepte, die sie für ihren im Februar, also im Zeichen des Wassermanns, geborenen Freund erfunden hat, würden auch einen Ochsen zu Boden strecken. Danach ist am Morgen leichte Kost angesagt: Tee oder Kaffee mit entrahmter Milch und einigen trockenen Vollkornkeksen. Mittags wird es dann wuchtig: Der erste Gang besteht aus hundertfünfzig Gramm Federkielnudeln, angemacht mit Sonnenblumenöl, Sahne, Béchamelcreme, Käse und Schinken; der zweite Gang sind Fleisch *alla pizzaiola,* ein Hering – besser gesagt ein *Herrink* – und eine Portion marinierter Sardellen.

Da nach Ansicht von Giorgina der Professor eine Neigung zur Depression hat, die ihn *dazu drreipt, sich einzuikeln,* setzt sie ihm zum Abendessen reichlich Reis vor, angerichtet nach Belieben, dazu eine ordentliche Portion Gemüse, ein großes Spiegelei, überbacken mit Scamorza, und schließlich frisches Obst, Trockenfrüchte samt Süßspeise, Verdauungsgrappa und Kaffee. Ihrer Aussage nach ist das ein Wundermittel für Menschen, die an Gemütsschwankungen leiden.

Ich bezweifle allerdings, dass jemand über einen längeren Zeitraum eine derart schwere Kost ohne Schaden überstehen kann. Und ich bin überzeugt, dass der Professor sich rein gar nichts aus dieser »Diät« macht, außer der Tatsache, dass er sie bei Giorgina speist. Mit Blicken voller Leidenschaft schmachtet er die Signora an, während sie hinter ihren Flaschenbodengläsern nicht die geringste Spur von Gefühl verrät.

Ich werde dieser seltsamen Beziehung schon noch auf den Grund kommen, so neugierig, wie sie mich macht. Für den Augenblick weiß ich nur, dass ich dank Sergio Paolinis Hilfe endlich ein Zuhause habe. Er hatte seine Freundin überzeugen können, dass sie mir zu einem annehmbaren Preis das gesamte Obergeschoss ihres Appartements vermietet. Dieses Stockwerk hatte ihr Ehemann, ein Möbelhandelsvertreter, als Büro und Lager genutzt, und nach seinem Tod war daraus ein Dachboden geworden, vollgestopft mit Flitter und Tand aller Art. Der Ärmste war von einem Ungetüm von Kleiderschrank erschlagen worden, den er dort oben zusammenbauen wollte. Er war auf der Stelle tot, der Pfosten des schweren Schranks, der wie ein Kartenhaus zusammengefallen war, hatte sehr unglücklich seinen Kopf getroffen. Seither hat die Witwe Rocca das Obergeschoss gemieden und sich darauf beschränkt, dort alten Hausrat abzustellen.

Giorgina war viel zu sehr an ihr Einsiedlerleben gewöhnt, als dass sie besonderen Wert auf meine Gesellschaft gelegt hätte. Um sich die Entscheidung zu erleichtern, hatte die Hellseherin ihren Ehemann zurate gezogen: Ihre Hände in denen des Professors, war sie für rund zehn Minuten in Trance gefallen und erwachte dann mit den Worten: »Der Buchhalter Rocca hat seine Zustimmung erteilt.«

Die Vereinbarungen sind klar und deutlich: Der Eingangsbereich ist für beide Parteien; das untere Geschoss gehört Giorgina, im oberen wohne ich. Was für ein Zuhause! Der Zugang erfolgt über eine Treppe, die am Ende des Hauptkorridors von der unteren Wohnung nach oben in einen Raum führt, aus dem ich eine Wohnküche machen werde. Daneben befinden sich das Badezimmer und, etwas weiter, das Schlafzimmer mit einem bogenförmigen Durchgang zu einer kleinen Bibliothek. Alle drei Zimmer gehen auf den mit Terrakotta ausgelegten Balkon hinaus, der reichlich Platz für Kübelpflanzen und Blumentöpfe bietet.

Die Wohnung ist hell und freundlich, ich habe sie gründlich geputzt und frisch gestrichen. Was die Einrichtung angeht, durfte ich mich am Krempel von Giorgina bedienen, die mir auch sämtliche noch vorhandenen Möbel ihres Mannes überließ. Aus Rom habe ich mein weniges Hab und Gut kommen lassen, das ein Nachbar freundlicherweise eingelagert hatte: Kisten mit Büchern, Klamotten und ein alter Schaukelstuhl, den ich auf dem Porta-Portese-Markt erstanden hatte. Weiter nichts. Das ist der Vorteil, wenn man immer nur in möblierten Wohnungen gelebt hat: Du besitzt zwar so gut wie nichts, aber die Umzüge sind enorm kostengünstig.

Dann habe ich mich von Signora Amelia verabschiedet und so getan, als wäre der Auszug für mich über die Maßen schmerzhaft; vor lauter Rührung hat sie mir zwanzig Liter Olivenöl und ein paar kleine Schafkäselaibe aus der Produktion ihres Cousins in mein neues Heim schicken lassen.

Giorgina ist äußerst reserviert und legt keinen Wert darauf, von mir besucht zu werden. Von ihren Räumlichkeiten kenne ich nur das, was ich beim Passieren des Korridors mit raschem Blick erhaschen kann. Gesenkten Hauptes eile ich zur Treppe, und jedes Mal versuche ich, aus dem Augenwinkel schielend, mir ein anderes Detail einzuprägen. Den linken Flügel ihrer Wohnung mit Schlafzimmer, Küche und Nassräumen kenne ich schon ganz gut. Aber den rechten Flügel, über den sich in ganzer Länge der Wohnraum erstreckt, hält Giorgina stets verschlossen, als verberge sie ein streng gehütetes Geheimnis. Man möchte meinen, es sei die Tür von Blaubart, hinter der die Leichen der von ihm ermordeten Gattinnen an den Wänden hängen. Vielleicht hat die Witwe Rocca den zertrümmerten Schädel ihres Ehemanns und weitere Körperteile in Formaldehyd eingelegt und bewahrt die Gläser in einer Anrichte auf.

Es ist ein strenges Geheimnis.

Oder besser: Es war ein Geheimnis.

Heute habe ich nämlich eine sensationelle Entdeckung gemacht.

Schlag halb eins hat der Professor die Buchhandlung meiner getreuen Obhut überlassen – wie er es sich, seitdem ich für ihn arbeite, einmal pro Woche zur Gewohnheit gemacht hat, um Zeit für persönliche Angelegenheiten zu haben. Für gewöhnlich warte ich die volle Stunde für die Schließung ab, dann lasse ich das Rollgitter herunter und eile nach Hause, um mir ein leichtes Mittagessen zuzubereiten. Einer der echten Vorteile, eine eigene Küche zu haben, ist, dass ich nicht mehr gezwungen bin, die deftig belegten Brote von Alfredo zu essen. Sie sind hervorragend, um Himmels willen, doch eher für den Magen eines Bierkutschers geeignet. Hätte ich die dick mit Fenchelsalami oder scharfer Salsiccia und Broccolispitzen belegten Panini noch länger verspeisen müssen, wäre ich womöglich ernsthaft krank geworden.

Jetzt kaufe ich mir unterwegs einen harmlosen grünen Salat und eine magere Hühnerbrust, die ich in der Grillpfanne zubereiten will. Kaum habe ich die Haustür hinter mir geschlossen, um wie üblich und schon ganz automatisch gesenkten Hauptes den Gang entlangzuflitzen, als mir plötzlich auffällt, dass die Tür zu Giorginas Wohnraum weit offen steht. Vielleicht hat sie ein Luftzug aufgedrückt, vielleicht blieb sie einfach offen, weil die Signora nicht aufgepasst hat. Das Szenario, das sich meinen Augen bietet, ist unglaublich: In der Mitte des Wohnzimmers in grauenvollem Rokokostil, zwischen blinkendem Porzellan, vergoldeten Rahmen, Kristallen und Stuckverzierungen, prangen zwei mächtige damastbezogene Sessel.

Auf dem linken sitzt die Witwe Rocca, auf dem rechten der Professor; vor ihnen steht mit dem Rücken zu mir ein Kameramann samt Stativ und Filmkamera. Alles ist hell beleuchtet.

Giorgina ist nicht mehr Giorgina.

Giorgina ist Madame Georgette. In einer TV-Liveübertragung gibt sie jede Menge parapsychologische Weisheiten und Vorhersagen in Liebes- und Karrieredingen von sich, während Sergio Paolini ihr die Bälle zuspielt und versucht, den Fernsehzuschauern die okkulte Macht der Weissagerin plausibel zu machen.

Geblendet von vier auf sie gerichteten Scheinwerfern, bemerkt mich keiner der beiden. Mit starrem Blick in die Kamera gibt Madame Georgette den Anrufern, die sie nach ihrem Schicksal befragen, Antwort um Antwort; das Einzige, was sich an ihr bewegt, ist ihre Unterlippe. Gerade berät sie eine Frau, die überzeugt ist, den leibhaftigen Teufel in der Familie zu haben, und empfiehlt ihr einen einfach zu praktizierenden Exorzismus: Sieben Kreuze aus Zuckerwatte werden an verschiedenen Stellen der Wohnung angebracht, dann muss der Besessene durch die Räume gehen und dabei unablässig die Formel wiederholen: »Im Namen der fünf Leidensmale unseres Herrn Jesus Christus, auf dass das Übel zurückkehre ins Nichts.« Der Erfolg ist garantiert.

Das Schlusswort der Sendung obliegt dem Professor.

»Wir danken der einzigartigen Madame Georgette für ihre wertvollen Ratschläge und sind für Sie am kommenden Donnerstag zur selben Zeit wieder da. Doch zum Abschied«, sagt er und bückt sich, um ein Büchlein aufzuheben, »möchte ich Ihnen wie gewohnt ein Gedicht vorlesen, das der Seele guttut. Für heute habe ich von dem großen türkischen Dichter Nazim Hikmet folgendes Gedicht ausgewählt: ›Die Tage werden immer kürzer / die Zeit des Regen setzt ein. / Meine Tür, weit geöffnet, harrte deiner. / Wieso bist du so spät gekommen? // Auf meinem Tisch grüne Paprika, Salz und Brot. / Den Wein, den ich im Krug aufbewahrte, / habe ich zur Hälfte getrunken, allein, beim Warten auf dich. / Wieso bist du so spät gekommen? // Doch da, an den tief hängenden Zweigen die Früchte reif und honigschwer. / Sie waren im Begriff zu fallen, keiner sollte sie sammeln, / hättest du noch länger auf dich warten lassen.‹« Er schloss das Buch. »Ihnen allen eine angenehme Woche bis zum nächsten Donnerstag.«

Während seines Vortrags kroch er geradezu in die Augen von Madame Georgette.

Es war die reinste Liebeserklärung, und das nicht einmal besonders verschleiert.

Giorgina steigt ihm zu Kopf.

Am Anfang verkehrte sie aus Schüchternheit nur mit gewissen alten Leuten, solche mit halb erloschenem Blick und versiegeltem Mund. Doch der Zufall führte ihr nach und nach weniger schweigsame Bekanntschaften zu …

»Haben Sie *Die Rasselschlange* von Pirandello?«

Mann, was soll das schon wieder? Nicht einmal die Heiligen würden das geduldig aushalten!

»*Kappe*, der Herr … *Kappe*.«

»Wie meinen Sie, bitte?«

»Es heißt *Die Rasselkappe* oder auch *Narrenkappe*, nicht Schlange.«

»Sind Sie da sicher?«

»Und ob ich mir da sicher bin!«

»Puuh … Und was soll ›Rasselkappe‹ bedeuten? Das macht doch gar keinen Sinn … ›Rasselschlange‹ klingt doch viel logischer. Wäre es nicht besser, Sie würden das nachschlagen?«

»Sie müssen schon entschuldigen, aber da gibt es ganz und gar nichts nachzusehen: Es handelt sich um eines der berühmtesten Werke von Pirandello, vielleicht das meist aufgeführte Theaterstück überhaupt.«

»Eben, ich suche das Buch für meinen Sohn, für die Theateraufführung am Schuljahresende.«

»Aha! Also sehen Sie doch, dass es so ist, wie ich es sage? Es handelt sich um *Die Narrenkappe*, vertrauen Sie mir einfach.«

»Nun gut, dann verlass ich mich darauf. Sollte es doch nicht stimmen, komme ich zurück und tausche das Buch um, nicht wahr?«

So ein Blödmann! Ich beiße die Zähne zusammen, um an mich zu halten und das Buch nicht über seine Kappe zu ziehen.

»Sie können ganz beruhigt sein. Sollte ich Ihnen das falsche Buch verkauft haben, können Sie es nicht nur umtauschen, sondern ich schenke Ihnen noch eines dazu.«

»Also wenn das so ist... Geben Sie mir diese *Kappe*.«

Ich würde ihm wirklich gerne eine Klapperschlange ins Gesicht schmeißen. Stattdessen stecke ich das Buch freundlich in eine Tüte, kassiere und verabschiede den Kunden. Sowie er den Laden verlassen hat, wende ich mich wieder den am Morgen gelieferten Büchern zu. Madonna, wie viele das sind! Zum Verrücktwerden. Einige sind ganz nach meinem Geschmack, andere wiederum eignen sich meiner Ansicht nach gerade noch als Unterlegkeil für einen wackeligen Tisch. Rund zwanzig Bücher lege ich auf dem Tisch für die Neuerscheinungen aus, andere kommen ins Regal. Um die antiquarischen Bücher wird sich der Professor kümmern: Die Zeit ist noch nicht reif, dass er mir das zutraut, aber ich kann warten.

Sergio Paolini ist heute besonders schweigsam. Mit übereinandergeschlagenen, aber ausgestreckten Beinen lungert er beinahe auf seinem Sessel, die Ellenbogen auf die Armlehnen gestützt, den Hals zwischen den Schultern und die Finger ineinander verhakt. Er starrt ins Leere, und die einzige Bewegung ist ein immer schnelleres Kreisen der Daumen. Seit wir geöffnet haben, kommt ihm keine Silbe über die Lippen. Wer weiß, worauf dieser Zustand zurückzuführen ist, welche Gedanken ihn bedrängen mögen. »Wenn bei jeder Sorg' im Herzen / auf der Stirn ein Zeichen stünd' geschrieben, / wie viel mehr, als dass sie Neid erzeugten, / würden unser Mitleid sie erwecken!«, so sagte doch der gute Metastasio.

Womöglich denkt er an Giorgina. Ich bekomme eine unbändige Lust, ihn über das, was ich anderntags entdeckt habe, auszufragen. Vielleicht sollte ich ihm sagen, was ich gesehen habe? Oder vielleicht doch nicht. Was verschafft mir das Recht, mich in sein Privatleben einzumischen? Bedauerlich ist nur, dass ich vor Neugier schier umkomme. Ich muss dringend so diskret wie möglich herausfinden, was da am Köcheln ist. Auch wenn ich die Witwe Rocca damit vor den Kopf stoße.

»Hey, Papierfresser!«

Abrupt drehe ich mich um: Die dröhnende Stimme, mit der diese Worte ausgerufen wurden, ist mir durch und durch gefahren. Am Eingang steht breitbeinig, die Hände in die Hüften gestützt, ein großgewachsener junger Mann und schaut recht frech herein. Der spöttische Zug um seine Lippen wird von dem hellen, spärlichen Bart nicht verdeckt. Er hat dichtes aschblondes Haar und eine auffallend nach rechts gebogene kräftige Nase. Ich schätze ihn ungefähr auf mein Alter. Man kann nicht behaupten, dass er schön ist, aber er hat durchaus etwas Anziehendes.

»Heijla, Kartoffelsack!«

Kartoffelsack?

Der Professor ist aus seiner Verzauberung erwacht und eilt mit einem strahlenden Lächeln zum Eingang, kaum dass der andere das Schimpfwort zu Ende gesprochen hat, von dem ich mir nie hätte vorstellen können, dass es in seinem Vokabular überhaupt enthalten sei. Er wirft sich dem Unbekannten in die Arme und drückt ihn heftig, was jener sogleich erwidert.

»Mein Lieber … mein Guter … Wie lange ist es her … wie viel Zeit nur …«, fügt er gerührt hinzu.

»Du hast recht. In der Tat, etwas zu viel Zeit ist vergangen«, gibt ihm der geheimnisvolle Schöne recht.

»Lass dich anschauen … Die Haare sind grauer, hab ich so den Eindruck.«

»Oh, hm … nun, die Jahre ziehen auch an mir nicht spurlos vorüber, Onkelchen.«

Onkelchen?

Ich habe keine Lust, dieser honigsüßen Szene beizuwohnen, und versuche, mich auf Zehenspitzen Richtung Souterrain davonzuschleichen.

»Matilde!«

Ertappt.

»Ja, Herr Professor.«

»Matilde, kommen Sie. Ich möchte Ihnen meinen geliebten Neffen vorstellen.«

Also, es existiert ein Neffe und obendrein ein geliebter; es wird wohl der Sohn des verunglückten Bruders sein.

»Ich bin Matilde Ferraris, ich freue mich, dich kennenzulernen.«

»Und ich bin Michele Paolini und freu mich ebenfalls, deine Bekanntschaft zu machen. Als ich Ende Januar diese heiligen Hallen verlassen habe, war von dir noch keine Rede…«

»Ich arbeite erst seit knapp zwei Monaten hier. Dein Onkel hat mir diese großartige Chance gegeben und…«

»Matilde ist ein herrliches Geschenk des Himmels«, unterbricht mich der Professor überschäumend. »Sie hat Talent und Taktgefühl, genau wie du, Michele.«

»Ja also, was haltet ihr davon, heute Abend zusammen zu speisen? Dann können wir vor einem Teller Tagliolini mit Trüffeln unser beider Feinfühligkeit freien Lauf lassen. Es sind Jahrhunderte vergangen, seit ich das letzte Mal etwas zwischen die Zähne gekriegt habe! Wenn ich nicht bald etwas Essbares auftreibe, fall ich in den Unterzucker.«

»O je, mein Lieber, *non possumus*. Hast du etwa vergessen, dass heute Samstag ist?«

»Ach geh, Onkel, ein einziges Mal nur könntest du doch eine Ausnahme machen, oder nicht?«

»Uhmm … Nein.«

»Du heiliger Strohsack! Seit Monaten haben wir uns nicht mehr gesehen«, legt sich Michele ins Zeug. »Denkst du etwa, die Welt geht unter, wenn du für einen einzigen Abend auf diesen Pickwick-Zirkel verzichtest?«

Pickwick-Zirkel? Wovon, zum Geier, reden die überhaupt?

»Na, hab mal ein bisschen Respekt vor deinem Onkel! Und mäßige deine Zunge, verflixt und zugenäht!«

Also, der Herr Professor ist sauer. Jetzt wird sich Michele aus dem Staub machen, und ich darf die schlechte Laune des Chefs ausbaden. Auch wenn ich immer nicht noch begreife, worum es eigenlich geht.

»Ist ja schon gut, entschuldige bitte … Und auch du, Matilde, es tut mir leid: Du bist hier in eine Szene mit hineingezogen worden, die … Um zu streiten, bin ich gewiss nicht hergekommen. Ich dachte nur, mein Onkel freut sich, nach so langer Zeit mit mir zu Abend zu essen. Aber offenkundig hat er andere Prioritäten. Ich verabschiede mich, ich muss noch die Koffer auspacken und die Wohnung auf Vordermann bringen. Außerdem habe ich noch einen beruflichen Termin. Vielleicht schaue ich in den nächsten Tagen noch einmal herein.«

Der Ärmste ist wirklich enttäuscht. Er fährt sich mit der Linken durchs Haar und geht Richtung Ladentür. Ich würde ihn gern aufhalten, aber ich weiß nicht, ob mir das zusteht.

»Michele, so warte doch ...«

»Was willst du noch, Onkel? Hast du nicht gehört? Ich habe einen Haufen Dinge zu erledigen.«

»Ich weiß ... Verzeih mir bitte, du weißt doch, wie viel du mir bedeutest ... Aber du weißt auch, wie sehr ich an meinem Samstagabend hänge. Ausgerechnet heute muss dich die Lust auf Tagliolini mit Trüffeln überkommen?«

Ich bin sicher, er lässt nicht mit Absicht eine Jämmerlichkeit nach der anderen vom Stapel. Er benimmt sich wie ein Kind, dem man droht, sein Lieblingsspielzeug wegzunehmen.

Michele ist rot angelaufen und muss sich zusammenreißen.

Der Professor merkt das und versucht einzulenken. »Was hieltest du davon, mich zu begleiten?«

»Wie bitte? Zu diesen Schwachköpfen?«

»Michele, also ich muss schon bitten! Das sind meine Freunde. Respekt, um Gottes willen, Respekt!«

»Ist gut, ist gut«, brummt der Neffe. »Ich werde mitkommen. Die Tagliolini müssen eben warten.«

»Bravo, mein Junge! Du hättest mir keine größere Freude bereiten können.« Der Professor drückt ihm einen Kuss auf die Stirn. »Natürlich, liebe Matilde, werden Sie mit von der Partie sein.«

»Ich? Aber was ...«

»Keine Ausflüchte. Wir holen Sie um zwanzig Uhr ab.«

»Um zwanzig Uhr, jawohl.«
Es gibt keine Widerrede.
Aber wohin führt dann unser Weg?

Reihum hielten seine Söhne ein Gastmahl, ein jeder an seinem Tag in seinem Haus. Dann schickten sie hin und luden auch ihre Schwestern ein, mit ihnen zu essen und zu trinken. Wenn die Tage des Gastmahls vorbei waren, schickte Hiob hin und entsühnte sie. Früh am Morgen stand er auf und brachte so viele Brandopfer dar, wie er Kinder hatte. Denn Hiob sagte: Vielleicht haben meine Kinder gesündigt und Gott gelästert in ihrem Herzen. So tat Hiob jedes Mal.

Ich kann's nicht glauben! Du machst Tagliolini?«

»Ja, mein Schatz. Bedank dich bei deinem Onkel, die Idee stammt von ihm. Er hat mich am Nachmittag angerufen und gesagt, du würdest kommen, und eine, sagen wir, ungestillte Lust rumore in dir. Deshalb habe ich meinen Mann losgeschickt, um unten bei Biagio frische Pasta zu holen.«

Bei Tisch sind wir zu neunt. Bis zur letzten Minute wollte der Professor mir nichts verraten, da er wohl befürchtete, ich würde sonst absagen. Doch Michele hat mir schließlich verraten, dass wir bei den besten Freunden seines Onkels zum Essen eingeladen seien, die im Übrigen auch Ladennachbarn sind. Adelina und Filippo haben nämlich den Laden mit Heilpflanzen und Reformprodukten, von uns aus drei Häuser die Straße aufwärts. Und Gott sei Dank hat Michele das erzählt, sonst wäre ich mit leeren Händen dort aufgetaucht und hätte eine erbärmliche Figur abgegeben. Um die Wahrheit zu sagen, auch jetzt besteht das Risiko, mich zu blamieren, denn da ich so kurzfristig von der Einladung erfahren habe, konnte ich nur noch eine Packung Profiterole besorgen, die nicht mehr so ganz frisch aussahen. Kein Wunder, lagerten sie doch seit mindestens einer Woche in Alfredos Kühlschrank.

Meine Kavaliere erscheinen Punkt zwanzig Uhr, um mich abzuholen. Der Professor sieht in seinem anthrazitgrauen Anzug höchst elegant aus; sehr ungezwungen dagegen Michele, er trägt helle Hosen und ein braunes Hemd ohne Krawatte. Ich habe mich für mein nachtblaues Kleid entschieden und werde von ihnen wie eine Prinzessin geleitet. Ich gehe in der Mitte und stütze mich auf ihre mir dargebotenen Arme mit der Grazie längst vergangener Zeiten. Michele trägt freundlicherweise die Profiterole. Unsere Gastgeber wohnen in der Nähe der Piazza del Popolo, deshalb sind wir zu Fuß unterwegs.

Das Haus wirkt einladend, ebenso wie die Gastgeber. Adelina besitzt sehr viel Geschmack; das sieht man daran, wie sie die Tafel geschmückt hat. In der Mitte der elfenbeinfarbenen, bestickten Leinentischdecke steht ein sechsarmiger Leuchter. Der Tisch ist mit Efeu, Baldrianzweigen, Margeriten- und Pfirsichblüten geschmückt und mit Silberbesteck und kostbarem Porzellan gedeckt.

Als Ehrengast ist mir der Platz am Kopfende der Tafel zugedacht; von hier aus habe ich den besten

Blick auf das Tischgeschehen. Hin und wieder sehe ich zum Professor hinüber, der ziemlich weit von mir entfernt sitzt: Ich will mich versichern, dass es ihm auch gut geht; denn kaum hatten wir das Haus der Di Bruno betreten, wollte er sportlich und jugendlich erscheinen und war voller Elan die Treppe hinaufgeeilt. Doch der Anzahl der Stufen nicht Rechnung tragend, war er auf dem letzten Treppenabsatz der Länge nach und mit dem Gesicht voran gestürzt und hatte sich Stirn und Kinn heftig geprellt.

Michele und ich konnten uns erst vor Lachen kaum halten, hatten dann aber nicht wenig Mühe, ihn wieder auf die Beine zu kriegen. Jetzt führt er schon wieder große Reden an der Seite des Hausherrn. Dem Himmel sei Dank, er ist ausgezeichneter Laune, trotz des Horns auf der Stirn und der aufgerissenen Unterlippe. Er scheint wie ausgewechselt: Er ist nicht mehr der verknitterte, nachdenkliche Sergio Paolini, der heute früh Däumchen drehend in seinem Sessel versank, sondern ein aufgeweckter Mann von heiterem Gemüt, der glücklich ist, seiner fest verankerten Feierabendverpflichtung fronen zu dürfen.

Ja, denn der Samstagabend bei den Di Bruno, so hat Michele es mir erklärt, ist eine lange Tradition, die nur während der letzten sieben Schwangerschaftsmonate Adelinas, als sich die beiden nicht in Orvieto aufhielten, ausgesetzt worden war – eine Unterbrechung, die dann mit der Geburt von Gigliola, ihrer heute zwanzigjährigen Tochter, ihr freudiges

Ende genommen hatte. Die über so lange Zeit herbeigesehnte Tochter, die von seinerzeit über vierzigjährigen Eltern in die Welt gesetzt wurde, sitzt nun ungeduldig in der Tischrunde und kann es kaum erwarten, dass der letzte Gang abgetragen wird, damit sie sich abmelden und aller Pflichten ledig mit ihren Freunden ausgehen kann.

Es tut mir zwar leid für Gigliola, aber im Gegensatz zu ihr hoffe ich, dass das letzte Gericht so spät wie möglich serviert wird. So ginge es jedem, der Adelinas köstliches Antipasto vorgesetzt bekommt, bestehend aus Speckscheiben mit Salbeiblättern, in handgepresstem Olivenöl geröstet, bis sie Farbe annehmen, mit einem Spritzer Balsamico verfeinert und duftend heiß serviert.

Genau da stößt der Professor einen lauten Schmerzensschrei aus, der heiße Essig war in die offene Wunde seiner Unterlippe eingedrungen.

»Oje, oje, Sergio! Ein bisschen Milch aus der Nuckelflasche wäre besser, nicht wahr?«

Der Witzbold ist Eugenio Persichetti, ihm gehört der Souvenirladen neben der Buchhandlung. Durch die Nähe begegne ich ihm täglich. Ihn zu treffen ist jedoch keine angenehme Sache, da der in die Jahre gekommene Junggeselle seine Einsamkeit mit der Illusion vertreiben will, er sei geistreich und unterhaltsam. In Wirklichkeit gehört er aber zu einer Spezies, die ich meide wie die Pest: nämlich die der Witzeerzähler. Heute Abend bleibt mir nichts anderes übrig, als seine Gegenwart zu ertragen; und er ist voll in seinem Element, uns mit seinem sprühenden Repertoire zu beglücken.

Ich bebe innerlich bei der Vorstellung, was uns alles erwartet, doch zum Glück kommt in diesem Moment Adelina mit einer dampfenden Suppenschüssel herein. Es ist die berühmte Zwiebelsuppe: Dazu werden die Zwiebeln in Scheiben geschnitten; dann lässt man sie in einer niedrigen Kasserolle zusammen mit Öl, Salz, Pfeffer, Wasser und geschälten Tomaten köcheln und serviert sie mit gerösteten Brotscheiben.

Der zweite Schmerzensschrei des Professors ertönt, als der glutheiße Löffel die Verletzung seiner Lippe berührt.

Dies ist nicht das einzige Geräusch, das zu hören ist. In der Tat verbreitet sich kurz darauf ein nichts Gutes verheißender Geruch in der Luft, menschlich, übermenschlich, leicht abgestanden. Er stammt von den Schwestern Elvira und Maria Marzo, Stickerinnen, deren Geschäft vier Häuser von unserer Buchhandlung entfernt liegt; seit Beginn des Essens ist das der erste Ton, der aus ihrer Richtung kommt, und es bräuchte gar nicht extra gesagt zu werden, dass sie alte Jungfern und über siebzig sind.

Was für ein Ort ist das hier bloß? Abgesehen von Adelina und Filippo bin ich bisher nur alleinstehenden Personen begegnet. Zu diesem Haufen zähle ich natürlich auch, und ich wüsste gern, ob auch Michele dazugehört. Er ist zwar ohne Freundin oder Verlobte erschienen; aber es könnte ja sein, dass sie in einer anderen Stadt lebt. Auf alle Fälle sind wir beide mit Abstand die Jüngsten am Tisch – abgesehen von Gigliola, die aber gerade wie der Blitz aufspringt, weil es an der Tür geläutet hat. Sie wirft einen hastigen Abschiedsgruß in die Runde und eilt zu ihren Freunden.

Adelina hat die Tagliolini aufgetragen, aber nur für Michele; den Rest der Tafelrunde erwarten nämlich mit Ragout und Béchamelcreme überbackene und mit einem Hauch Parmesan verfeinerte Crêpes. Wasserkrüge werden weitergereicht, aber auch Rotwein aus der Kirschtraube und Pinot Noir.

Die Stimmung ähnelt der auf *Babettes Fest*, wo das Gastmahl just da seinen Höhepunkt erreicht, als die zunehmende Hingabe an die Freuden des Essens und des Trinkens den Geist belebt und die Gäste aus der Reserve lockt. Und wenn Babette ihre *cailles en sarcophage* in Szene setzt, da verblüfft uns Adelina mit einem wunderbaren Filet vom Chianina-Rind, eingewickelt in Colonnata-Speck, mit Schnittlauch zusammengebunden, dann in Mehl gewälzt, scharf angebraten, mit Weißwein abgelöscht und mit Salz, Pfeffer und Trüffellamellen gewürzt.

Der dritte Schmerzensschrei des Professors schallt durch den Raum, als der Pfeffer in seine Lippenwunde eindringt.

»Trink doch ein bisschen Wein, Sergio, dann denkst du nicht mehr daran«, tröstet ihn Filippo und schenkt sein Glas voll.

»Langsam, langsam. Du weißt doch, dass ich gegen Maßlosigkeit beim Genuss von Alkohol bin.«

»Maßlosigkeit? Du redest von Maßlosigkeit wegen ein paar Gläsern … die fördern die Produktion von roten Blutkörperchen.«

»Rote Blutkörperchen? Und wenn ich diesem Laster verfalle?«

»Laster? Aber Sergio, du bist jetzt über siebzig. Bis zum heutigen Tag bist du ihm nicht verfallen, denkst du tatsächlich, dass dies ausgerechnet jetzt geschehen wird?«

»Wer weiß? Wenn ich im Besäufnis einen Akt von Nonkonformismus erkennen würde …«

»Jetzt hör aber auf, Sergio!«, weist Filippo ihn zurecht.

»Los, Onkel«, mischt sich Michele ein. »Hast du vergessen, wie gut es mir ging, wenn Papa mir abends ein Glas Sangiovese einschenkte?«

»Und du scheinst vergessen zu haben, wie oft ich genau deswegen mit deinem Vater gestritten habe. Ich halte nichts von Alkohol für Jugendliche. Es besteht die große Gefahr, dass sie die Kontrolle verlieren und alkoholabhängig werden. In meinem ganzen Leben habe ich nur ein einziges Mal zu viel getrunken: Ich wollte meine Seelenqualen in Erdbeerwein ertränken, als eine Klassenkameradin, in die ich sehr verliebt war, mir die kalte Schulter gezeigt hat. Mit dem einzigen Ergebnis, dass ich die ganze Nacht auf den Knien verbracht habe, vor … hm, die Damen mögen verzeihen … also, äh, im Badezimmer. Eine solche Erfahrung will ich nie wieder machen. Nie mehr.«

»Uhh, was für Geschichten!«, platzt jetzt Adelina heraus und lädt ihm mit Knoblauch und Rosmarin geröstete Kartoffeln auf den Teller.

»Iss und trink und genieß den Abend.«

Dieser Satz erntet begeisterten Applaus. Der Professor schluckt und kostet von den Kartoffeln, von denen auch wir uns reihum auftun. Und weil der Gaumen nicht völlig zufrieden ist, bevor er nach Kuhmilch schmeckt, geht Filippo in die Küche und bringt ein Holzbrett mit auf Trestertrauben gereiftem Höhlenkäse, den man mit Quittenmarmelade genießt. Ihm folgt Adelina mit den ranzigen Profiterole aus Alfredos Bar und einem Tablett voll Amaretti und Cantuccini.

Ich werde sicherlich platzen, wenn ich nicht bald aufhöre, aber das Schleckermaul in mir siegt, und so nehme ich gierig von dem Käse und von dem süßen Gebäck.

Der Professor erhebt sich und klopft mit dem Messer gegen sein Glas, um die Aufmerksamkeit aller zu bekommen.

»Werte Freundinnen und Freunde, ihr verzeiht ... Ich freue mich außerordendlich, mit euch beisammen zu sein. Und verflixt, auch mit meinem Neffen, den ich seit Monaten nicht mehr gesehen habe, das macht mich sehr glücklich. Gestattet mir, mit euch anzustoßen und euch einige Verse aus dem *Bacchus in der Toskana* zu widmen, die ich als passend für die Situation erachte, wenngleich sie zu dem, was ich zuvor verlauten ließ, im Widerspruch stehen:

›Wenn das traubensüße *Blut* / nicht zu jeder Stund' die Venen labt, / ach, dann ist dies Leben viel zu unbeständig, / viel zu kurz und immer voller Pein. / Ja, denn gutes *Blut* ist wie ein heller Strahl / jener Sonn', die am Himmel ihr erblicket / und die in einem Netz aus vielen Trauben hängen blieb. / Auf, nun mit diesem Wein / erneuern wir unsere Arterien und die Muskelpracht; / und wer in die Jahre kommt und jammert, / für den bereiten wir Kingsizegläser; / und in ausgelassener Festlaune / zwischen Scherz und Gelächter / lassen wir den, ja lassen wir den vorübergehen, / der sich hinter Zahlen und in Maßen / versteckt und verzehrt / und hier unten Zeit genannt wird; / und trinkend und wieder trinkend / schicken wir die Gedanken in die Verbannung.‹ Zum Wohle!«

»Zum Wohl!«, rufen alle.

»Wartet ab, jetzt bin ich an der Reihe.«

Ein Trinkspruch aus Eugenios Mund, das hat uns gerade noch gefehlt. Wer weiß, was sein überragender Geist nun wieder erbricht.

»Diese Gesellschaft ist kein Dampfer und ist kein Schiff, / und Filippo und Adelina lass ich nun hochleben.«

»Und wo ist der Reim, sag mal?«, fragt Michele und unterdrückt ein Lachen.

»Das ist freie Lyrik, du Ignorant!«

»Schon gut, Eugenio, bravo«, fährt Adelina ihm über den Mund. »Jetzt aber verlegen wir unseren Tagungsort. Der Tisch dort ist nämlich schon bereit. Ich werde noch einen schönen Verdauungstee aufbrühen, und dann geht's weiter im Programm.«

Was die Herrin des Hauses meint, ist ein grüner Tisch, der im Wohnzimmer aufgebaut ist. Nach dem Abendmahl sieht die Liturgie des Samstagabends ein Turnier *scala quaranta* vor. Nur Maria spielt nicht mit: Sie sitzt in ihrem Sessel und strickt. Sie hat immer eine Babydecke oder ein Paar Strickpantoffeln auf Bestellung in Arbeit und eiligst fertigzustellen, und sie sieht es äußerst ungern, dass sich ihre vergnügungssüchtige Schwester dem Spiel hingibt, anstatt ihr zu helfen.

Michele und ich bleiben im Esszimmer zurück, halten Abstand zu der außer Rand und Band geratenen, dem Laster ergebenen Schar.

»Was hältst du von einem *passito*?«, fragt Michele.

»Warum nicht? Nimmst du auch einen?«

»Aber sicher doch. – Wie gefällt dir denn die Runde?«

»Sympathisch, wirklich sehr. Ich kann mich wirklich glücklich preisen, ihnen begegnet zu sein.«

Von Zeit zu Zeit dringt aus dem Wohnzimmer ein Ausruf wie: *Misch die Karten richtig, du Gauner!*

»Mein Onkel hat erzählt, du kommst aus Rom.«

»Ja … Du wunderst dich wahrscheinlich, wie jemand, der in der Hauptstadt lebt, schlagartig alles aufgibt und mit Sack und Pack in ein Provinzstädtchen umzieht. Das ist eine längere Geschichte, ich schwöre, eines Tages erzähle ich sie dir. Aber nicht jetzt, ich bitte dich inständig.«

»Einverstanden, ich will mich nicht in deine Angelegenheiten einmischen. Gefällt es dir in der Buchhandlung? Das darf ich dich doch fragen, oder?«

Ich wäre doch an der Reihe gewesen, den Einsatz zu erhöhen, Schwachkopf!

»Klar. Ich fühle mich dort sehr wohl. Als Buchhändlerin zu arbeiten war immer schon mein Traum gewesen, und hier in Orvieto ist er nun Wirklichkeit geworden. Nun, schon das ist ein Argument dafür, der Provinz den Vorzug vor der Großstadt gegeben zu haben, meinst du nicht auch?«

»Tja, wenn man es so sieht…«

»Und du? Warst du beruflich verreist?«

»Ja, ich bin, verglichen mit dir, den umgekehrten Weg gegangen. Schon immer träumte ich davon, Journalist zu sein, und die Provinz ist mir dafür zu eng. Ich bin seit vielen Jahren Mitarbeiter beim *Echo von Orvieto* und berichte von Zeit zu Zeit für überregionale Zeitungen als Korrespondent aus Umbrien. Doch das reicht mir nicht. Ich möchte gerne für die wirklich großen, wichtigen Zeitungen schreiben, deshalb habe ich mich bei allen entsprechenden Verlagen, die das Sagen haben, vorgestellt. Aber das ist hart. Man hat mich mit Versprechen abgespeist, und ich bin mit leeren Händen zurückgekehrt.«

»Und was willst du nun tun?«

»Tja, heute Nachmittag bin ich zu meinem Chef beim *Echo* gegangen und hab ihn gefragt, ob er mich nach so vielen Monaten wieder brauchen kann. Er war einverstanden und möchte, dass ich mir ein besonderes Thema für einen Artikel einfallen lasse, nicht die üblichen Lokalangelegenheiten.«

»Und hast du schon etwas im Sinn?«

»Ja und nein. Eine winzige Idee habe ich tatsächlich, die mir schon seit geraumer Zeit im Hinterkopf herumschwirrt. Ich würde gerne einen mysteriösen alten Fall wieder aufrollen, der hier in der Gegend vorgefallen ist; ein eiskaltes Delikt, eine Geschichte, die unaufgeklärt in Vergessenheit geraten ist, weil die Ermittlungen erfolglos blieben.«

Aha! Handrommé!

Reich mir lieber den Kräutertee …

»Ein eiskaltes Delikt … interessant. Hat es hier in der Gegend öfter mysteriöse Vorkommnisse gegeben?«

»Nicht sehr viele. Aber es gibt eines, das mir immer wieder Kopfzerbrechen bereitet hat. Vor zehn Jahren wurde im Kastanienwäldchen ganz in der Nähe ein Mann aufgefunden, der sich erhängt hatte. Seltsam daran ist, dass die Leiche nicht baumelte, das heißt, nicht baumeln konnte, weil ihre Füße den Erdboden berührten.«

»Ein vorgetäuschter Selbstmord also.«

»Vielleicht. Vielleicht hat aber auch der Strick nachgegeben. Man ist nie dahintergekommen. Das Unglaubliche aber ist, dass man bis heute nicht weiß, wer der Unglückselige ist: Niemand hat ihn identifiziert, niemand hat ihn als vermisst gemeldet.«

Der Sauerstoff wurde 1874 entdeckt. Also ich kann mir nicht erklären, wie sie bis dahin atmen konnten …

»Und wie willst du vorgehen?«

»Erst einmal zu der Lichtung gehen, wo die Leiche gefunden wurde, und mich umsehen, mögliche Indizien sammeln, obwohl seither viel Zeit vergangen ist. Hättest du Lust, mich zu begleiten?«

»Ja, neugierig bin ich schon. Und wann?«

»Morgen zum Beispiel?«

Eigentlich habe ich für meinen freien Tag morgen schon einiges geplant. Da kreuze ich Micheles Blick, und mein Entschluss steht im Handumdrehen fest.

Der Kommissar Maigret in meinem Innern hat sich durchgesetzt.

Zu jener Zeit träumte sie nachts nicht, oder zumindest erinnerte sie sich beim Aufwachen an keinen Traum [...] Jetzt, nach diesem unseligen Nachmittag, fühlte sie sich in Gesellschaft ihres Körpers noch mehr allein. Und wenn sie sich in der dunklen Morgenfrühe ankleidete und bestimmte intime Handgriffe ausführte, zum Beispiel das Korsett zuschnürte oder die Strumpfbänder einhakte, begann sie unweigerlich zu weinen.

Liebe Livia,

ich weiß nicht, was mich antreibt, mitten in der Nacht zur Feder zu greifen und Dir zu schreiben. Ja, genau, zur Feder, denn ich habe Lust, auf die alten Gewohnheiten, auf die gediegenen Retroatmosphären zurückzugreifen. Dazu drängt mich meine neue Existenz, ein Leben, das ich von Kopf bis Fuß neu erfunden habe und das sich an einem Ort fernab von allem, was ich einst hatte, von allem, was ich einst war, abspielt. Den Computer schalte ich seit Monaten nicht mehr an; in ihm sind zu viele Erinnerungen und Emotionen abgespeichert, mit denen mich auseinanderzusetzen ich zumindest momentan keine Kraft habe. Dennoch führen sie mich immer wieder zu Dir, denn Du bist meine größte Niederlage.

Ich schreibe an die Livia, die es einmal gab, an die Livia, mit der ich eine Reise auf der Straße hätte fortsetzen wollen, bevor sie im Nichts endete. Eben, das ist der Grund, weshalb Du meine Worte nicht lesen wirst. Diese Zeilen werden meine Wohnung nicht verlassen: Sie sind an eine Person gerichtet, die nicht existiert, ja, die es vielleicht nie gegeben hat.

Ich sitze im Kerzenlicht wie wir an unseren Plauderabenden, wenn wir gemütlich auf dem Teppich lümmelten. Bei ein paar Bieren oder einer Flasche Wein philosophierten wir bis zum Morgengrauen. Und wenn jene Livia in diesem Moment bei mir wäre, würde ich meiner Beinaheschwester die vielen Neuigkeiten erzählen, die mich umgeben. Stattdessen muss ich sie hier niederschreiben.

Erinnerst Du Dich? Bücher, die Leidenschaft meines Lebens, steter Quell überraschender Enthüllungen, sie sind nun auch materielle Grundlage meiner Existenz. Ich arbeite jetzt als Buchhändlerin und verbringe Tag für Tag damit, die schönsten Werke der Öffentlichkeit zu vermitteln.

Das hat etwas Magisches an sich. Wenn ich in einen Text eindringe und mich hindurcharbeite, weiß ich nie genau, wo ich landen werde. Ich komme mir vor wie eine Erforscherin neuer Welten, die es kaum erwarten kann, andere an ihrer Entdeckung teilhaben zu lassen. Eine unendliche Reise in die Endlosigkeit des Denkens, die Körper und Seele gefangen nimmt.

Alle, denen ich auf diesem Weg begegnet bin, waren sympathische Leute. Eine kompakte kleine Gemeinschaft, die mich im Guten wie im Schlechten stützt – warum auch immer? Ich kann mich einfach nicht an den Gedanken gewöhnen, dass man etwas einfach so – ohne eine Gegenleistung zu erwarten – tut. Das Leben hat mich gelehrt, dass es in allen Dingen einen verborgenen Zweck gibt. Auch in den Liebesbeziehungen, in denen doch die größte Ehrlichkeit herrscht, und in den Freundschaften, von denen man glaubt, sie hielten ewig.

Einige Kerzen sind heruntergebrannt. Sie werden erlöschen und meine Augen zufallen. Dann rolle ich mich auf dem Sofa zusammen, blicke durch das geöffnete Fenster in die mondlose Nacht und versuche, die Gespenster meiner Vergangenheit zu vertreiben. Ich sage mir vor, was morgen sein wird und wie ich morgen sein werde, und vertraue darauf, dass die Zeit meine Wunden lindert. Meine Erinnerungen aber werde ich allein bewältigen müssen und versuchen, mich nicht unterkriegen zu lassen.

Ich umarme Dich.

Matilde

Ja, des Frevlers Licht erlischt, die Flamme seines Feuers erstrahlet nicht [...] Eng wird sein gewaltiger Schritt, der eigne Plan bringt ihn zu Fall. Denn mit den Füßen gerät er ins Netz, und über Flechtwerk schreitet er dahin. Das Klappnetz packt ihn an der Ferse, die Schlinge hält ihn fest [...] Sein Andenken schwindet von der Erde, kein Name bleibt ihm weit und breit.

Blumen, Blumen, Blumen.

Meine Terrasse ist ein wahres Blütenmeer.

Mit der Gartenschere in der Hand nehme ich mir jeden einzelnen Blumentopf vor: Hier gibt es etwas auszuschneiden, dort etwas zu stutzen, ich zupfe ein vertrocknetes Blatt ab, nässe die Erde und gebe mit einer kleinen Schaufel stinkigen Naturkompost hinzu. Bestens gelaunt pfeife dabei den ersten Akt aus *Madame Butterfly*. Im gleichen Moment, als der zornige Onkel Bonzo die Szene betritt und die Partitur wild und dramatisch klingt, nehme ich ein bedrohliches Surren in der Nähe meines Ohrs wahr. Ich schüttle den Kopf, wische mit der Hand durch die Luft, aber das Surren nimmt zu.

Ich mache einen Schritt zurück und erblicke eine riesige Hornisse. Rot, gelb, schwarz – wunderschön!

»Ich verabscheue dich!«, schreie ich, so wie Onkel Bonzo, und erwische sie mit einem Schaufelschlag.

Das Meisterwerk der Farben landet unweit von meinen Füßen. Zu Tode getroffen dreht sich die Hornisse im Kreis und gibt ein schwaches Bzzz-bzzz von sich. Das genügt, um ein Manipel ihrer Kollegen, drall und rund, genau wie sie, auf den Plan zu rufen. »Pferdekiller« heißen die Viecher im Volksmund, denn eine gewisse Anzahl ihrer Stiche bringt selbst ein Pferd um.

Ich bin das Pferd, auf das sie es abgesehen haben, und es geht alles so schnell, dass ich mich nicht mehr nach drinnen retten kann. In voller Kriegsmontur beziehen sie Stellung und stürzen sich im Steilflug herab. Instinktiv bedecke ich mein Gesicht, doch alles andere an mir bleibt ungeschützt. Und genau dort hinein bohren sie ihre Stacheln, scharf wie Matratzennadeln.

Blitzschnell verengt sich meine Kehle. Ich will schreien, bringe aber nur ein Röcheln zustande. Mein Blick verschwimmt, ich breche auf dem Terrakottaboden zusammen.

Es war ein so schöner, sonniger Tag.

Ein Schlag bringt mich zu Bewusstsein.

Ich liege auf dem Fußboden meines Wohnzimmers. Mit Mühe versuche ich meine Gliedmaßen zu bewegen. In den Beinen scheinen Tausende von Ameisen unterwegs zu sein, die Arme liegen verdreht unter meinem Körper. Ich brauche ein ganzes Weilchen, um zu begreifen, dass es der Schaukelstuhl vom Porta-Portese-Markt ist, der mich in meiner Bewegungsfreiheit einschränkt; ich bin gestern Nacht darin eingeschlafen, habe geträumt, um mich geschlagen und bin bei der Abwehr der Hornissen damit umgekippt. Jetzt hält er mich wie ein Käfig gefangen. Ehrlich gesagt, ich brauche mehr als eine Sekunde, um mir bewusst zu werden, dass ich nicht tot bin: Es fühlte sich alles so verdammt echt an. Und stimmt es, um mit Dante zu sprechen: *»wenn uns im Morgentraume Wahrheit dämmert«*, könnte dann dieser bestialische Schmerz in meiner Seite nicht doch das Werk der Hornissenhorde sein?

Nein. Es ist das spitze Ende der Stuhlkufe, das sich zwischen meine Rippen gebohrt hat. Ich habe das Wespentrauma noch nicht überwunden, die Hornissen aus meinem Traum sind ein unmissverständliches Anzeichen dafür. Will man aber den Traumdeutern recht geben, dann bedeuten Träume von Insekten, die ins Fleisch stechen, das hemmungslose Ausleben von Lebensinstinkten, die in der Gesellschaft als schamlos oder verwerflich gelten: Sobald wir in Morpheus' Armen versinken, lockert sich automatisch die Kontrolle des Bewusstseins, und die unterdrückten Instinkte geben sich einem wüsten Reigen hin.

Mich aus dem Schaukelstuhlgefängnis zu befreien ist nicht ganz einfach. Noch einmal wird mir der Fehler nicht passieren, auf diesem Teufelsinstrument einzuschlafen. Ich konnte nach dem Gelage bei den Di Bruno einfach keine Ruhe finden, sodass ich mich schließlich auf dem verdammten Stuhl zusammengerollt habe und in die Lektüre des *I Ching – Buch der Wandlungen* versunken bin – sehr faszinierend!

Ich ziehe mich vorsichtig in die Höhe, stelle den Stuhl an seinen Platz und humple Richtung Schlafzimmer. Das *I-Ching* lege ich aufs Nachtkästchen, um die darin enthaltenen Weisheiten jeden Morgen zurate ziehen zu können. Dann sehe auf den Wecker.

Es ist fast sieben.

Mir bleibt noch etwas mehr als eine Stunde.

Michele wohnt in einer Gasse im Stadtviertel Olmo. Von meiner Wohnung aus bedeutet das einen reizvollen Spaziergang von rund zehn Minuten; würde er mich hier mit dem Wagen abholen, müsste er einen recht komplizierten Umweg fahren. Deshalb werde ich zu ihm hingehen, und wer weiß, vielleicht hilft mir dieser Fußmarsch, um endgültig den Schmerz in den Knochen zu vertreiben.

Ich lasse die Piazza hinter mir und betrete das romantische Sträßchengewirr des mittelalterlichen Stadtteils. Jeder Stein hier verströmt Geschichte, spontan führe ich mir den Durchzug der Welfen und den der Päpste vor Augen; sogar den der Franzosen, denen die Einwohner von Orvieto sehr zugetan waren, zumindest bis zum Jahr 1798, als das Gerücht aufkam, dass die Brüder jenseits der Alpen planten, sich den Schatz der Kathedrale unter den Nagel zu reißen. Da begehrten die Leute auf, und es kam zu unerhört grausamen Zusammenstößen. Es heißt, dass die vielen getöteten Franzosensoldaten allesamt im

Brunnen der Cava gelandet seien und dort aufeinandergestapelt verwesten.

Michele wohnt in einem flachen, hübschen Häuschen. Es gibt keine Gegensprechanlage, nur eine Türklingel.

Ich klingle: keine Antwort.

Ich klingle erneut: nichts.

Ich drücke noch einmal den Knopf und halte ihn gedrückt, und zwar ziemlich lange. Ja, wie ist es nur möglich, dass er das nicht hört?

Ich will durchs Fenster spähen, aber ein dicker Vorhang verstellt den Blick. Gerade setze ich an, noch einmal zu klingeln, da lässt mich das Geräusch eines hastig beiseitegeschobenen Türriegels, gefolgt vom ruckweisen Klicken eines Türschlosses, innehalten. Als die Tür aufgeht, habe ich eine Gestalt vor Augen, die nicht mehr allzu viel mit dem netten jungen Mann gemein hat, den ich tags zuvor kennengelernt habe: Die Haare sind zerzaust und an einer Seite des Kopfes festgeklatscht, die Augen vom hellen Tageslicht geblendet und zusammengekniffen; die Kissen, auf denen Michele schläft, müssen in bestickten Kissenhüllen stecken, denn der Abdruck eines verschnörkelten Olivenzweigs ziert die bartlose Fläche seiner Wange.

»Matilde … was machst du hier, um diese Uhrzeit?«, bringt er mit heiserer Stimme heraus.

»Was soll das heißen? Wir haben um acht eine Verabredung und wollen zum Kastanienwäldchen fahren, hast du das vergessen?«

»Verflixt! Entschuldige … verzeih … das war vielleicht eine schlimme Nacht. Komm rein. Ich werde mich in Windeseile duschen, und in maximal einer halben Stunde sitzen wir im Auto. Kannst du einen Kaffee aufsetzen, während ich mich fertig mache?«

Adelinas Zwiebelsuppe muss ziemlich vielen Gästen den Schlaf geraubt haben. Michele geht mir voraus in Richtung Küche. Wir durchqueren das rustikale Wohnzimmer, von dem ich ahne, dass es schön und gediegen eingerichtet ist trotz der Unordnung, unter der es zu ersticken droht: Überall verstreut liegen Bücher und Zeitschriften, stapeln sich auf dem Boden, auf den Sesseln; drei oder vier Koffer unterschiedlicher Größe, aus denen ein Gewirr von Shirts, Oberhemden und sonstiger Kleidung herausquillt, stehen mitten im Raum; Socken hängen über dem Funkenschutzblech vor dem Kamin. In einer Ecke lehnen mehrere Türme von CDs und DVDs an der Wand; einige haben nachgegeben und sind auf den benachbarten Berg Zeitschriften gefallen. Neben dem großen eckigen Sofa steht eine Kiste mit Aprikosen.

Chaos pur.

In der Küche sieht es schon besser aus, und das hat einen simplen Grund: Michele hat sie nach Monaten Abwesenheit am Vortag zum ersten Mal betreten und hatte noch keine Gelegenheit, sich am Herd zu schaffen zu machen. Ich setze die Espressokanne aufs Feuer, und während der Herr des Hauses sich in Schale wirft, konzentriere ich mich auf die mit Fotos, die meisten in Schwarz-Weiß, tapezierte

Wand; einige könnten, von der Bekleidung der Personen und den darauf verewigten Objekten her, vom Anfang des 20. Jahrhunderts stammen. Es muss sich um Familienfotos handeln: Könnte ich sie eingehender betrachten, würde ich auf manchen sicherlich auch den Professor entdecken, womöglich neben dem mittlerweile verstorbenen Bruder.

Michele hat sich beeilt. Sein Haar ist noch feucht, und er duftet nach Patschuli. Er trägt Jeans, Hemd und Tennisschuhe genau wie ich, und nachdem wir den brühend heißen Kaffee hinuntergekippt und dabei unsere Geschmackspapillen abgetötet haben, sind wir bereit für unsere Expedition.

Wir klettern in den alten dunkelblauen Cinquecento, der hinter dem Torbogen des Rathauses geparkt ist, und starten in Richtung Porta Maggiore, dann biegen wir in ein Sträßchen ein, das zum Ponte del Sole führt, und rattern über das Straßenpflaster aus Etruskerzeiten. Bald schon sind wir an unserm Ziel, dem Wald Macchia dei Frati. Würden wir ihn der ganzen Länge nach durchqueren, gelangten wir direkt nach Sugano, einem ehemaligen Schlossflecken aus dem 14. Jahrhundert, heute ein Ortsteil von Orvieto, reich an Quellen, aber auch an sehr alten Weinbergen. Von ihnen stammen jene Rotweine, die der päpstliche Mundschenk niemals auf der Tafel des Papstes Farnese fehlen ließ, hervorragende Weine sowohl für den Genuss im Sommer wie für den Winter, von herrlich intensivem Geschmack und kräftiger als der Monterano.

Wir halten auf einem Sandweg an und dringen zu Fuß in die Macchia vor. Es geht auf und ab, und es ist gar nicht so einfach, auf dem holprigen Grund voranzukommen. Welches Schauspiel! Mächtig ragen die dichten Kronen der Esskastanien in die Höhe. Ich bestaune die langen gezackten Blätter und rohrförmigen Blütenauswüchse, die an Regenwürmer erinnern. Überall wuchern Büsche, wie ich sie noch nie zuvor gesehen habe. Es gibt hier noch andere Baumarten, deren Namen ich nicht kenne, und auf dem Laub hocken Tausende von Vögeln, die aus vollem Hals singen; ihr ohrenbetäubender Chor überdeckt fast jedes andere Geräusch.

Michele bahnt uns sicheren Schrittes den Weg wie einer, der sich hier bestens auskennt. Wir gehen eine Weile, dann gelangen wir an eine weitläufige Lichtung. Seltsam! Es kommt mir vor, als wären die Bäume, zwischen denen wir uns bislang bewegten, Scharen von Untergebenen, die jetzt auseinanderstreben, um für den Durchzug des Königs Platz zu machen. Der König ist ein majestätischer Kastanienbaum. Sein Stamm hat einen Durchmesser von mindestens sieben Metern und scheint Jahrtausende alt zu sein; die Äste ragen in den Himmel und trotzen dem Wind. Gigantische verschlungene Seitenwurzeln ragen ringsherum aus der Erde und bilden Bögen, unter denen man auf allen vieren durchkriechen könnte. Die in Streifen aufgerissene Rinde formt groteske Gesichter.

Es ist der Baum des Erhängten.

Ein Schauer läuft mir über den Rücken. Ich bin aufgeregt, das muss ich zugeben. Michele nimmt mich an der Hand, und zusammen umkreisen wir den gewaltigen Baumstamm.

»Genau«, verkündet Michele, »dort ist der Ast, an dem man den Mann gefunden hat. Er sieht dick und stark aus, war damals aber längst nicht so robust wie viele andere Äste.«

Und demzufolge auch weniger tragfähig. Und obendrein weit unten. Nicht wirklich dafür geeignet, sich daran aufzuhängen.

»Erklär mir das mal genauer«, dränge ich ihn. »Ich will alle Einzelheiten darüber wissen, wie es sich zugetragen hat und was man ermitteln konnte.«

»Einige Rentner, die zum Maronensammeln in der Macchia unterwegs waren, haben ihn im Herbst, am 27. Oktober, vor zehn Jahren gefunden. Wie ich dir gestern schon erzählt habe, berührten seine Füße den Boden. Du kannst dir vorstellen, wie sehr die alten Herrschaften erschrocken sind. Sie sind sofort zurückgelaufen und haben die Carabinieri informiert.«

»War der Tote noch jung?«

»Nein, sein Alter wurde auf mindestens siebzig Jahre geschätzt. Er war ziemlich groß, hatte rötliches Haar und ein Toupet, um die beginnende Glatze zu verdecken. Übrigens hatte er beim Auffinden eine Kappe auf.«

Aufmerksam beäuge ich den Ast. Es fällt immer noch auf, dass die Äste darüber nicht nur höher liegen, sondern deutlich kräftiger sind.

»Je länger ich hinsehe, desto weniger kann ich mir erklären, wieso er sich ausgerechnet an diesem Ast aufgehängt hat«, bestätige ich. »Es sei denn …«

»Es sei denn?«

»Es sei denn, er ist in der Dunkelheit hergekommen und hat falsche Berechnungen angestellt.«

»Was willst du damit sagen?«, fragt Michele stirnrunzelnd.

»Haben die Carabinieri eine Trittleiter oder einen Klappstuhl gefunden? Etwas, um dort hinaufzureichen und den Strick zu befestigen?«

»Nein, ich habe nichts dergleichen in den Protokollen gelesen.«

»Dann muss der Mann zwangsläufig am Baumstamm hochgeklettert sein, vorausgesetzt, dass er das in seinem Alter noch konnte. Dann hat er die Schlinge am erstbesten Ast befestigt und …«

»Nur dass damit die Füße, die den Boden berühren, noch immer nicht zu erklären sind.«

»Tja«, nicke ich zufrieden. »Sollte er sich wegen der Dunkelheit bei seinen Berechnungen geirrt und einen zu niedrigen Zweig ausgesucht haben, dann wäre er, nachdem er sich nach unten hat fallen lassen, mit den Fußsohlen auf dem Erdboden angekommen und wäre nicht umgekommen. Also entweder ist alles nach seinem Plan verlaufen, und der Strick hat erst später nachgegeben, oder der Selbstmord ist eine Inszenierung, und wer diesen Unglücksraben hier aufgehängt hat, ist mehr als unbedacht vorgegangen. Aber was ist eigentlich bei der Autopsie herausgekommen?«

»Dass der Tod durch Ersticken aufgrund von Erhängen eingetreten ist. Die Spuren am Hals ließen keine Zweifel zu, und der Körper trug keine weiteren Anzeichen von Verletzung und Gewaltanwendung.«

»Eben, selbst wenn der Selbstmord simuliert war, ist der Tod durch Erdrosseln mit einem Seil erfolgt«, brummle ich vor mich hin. »Und er hatte nichts bei sich? Was weiß ich, irgendeinen Gegenstand, ein Feuerzeug, ein Schlüsselbund …«

»Ich glaube nicht. Doch ich weiß es nicht genau. Ganz sicher aber trug er keine Papiere bei sich.«

»Und hier ringsum gab es nicht die winzigste Spur?«, lasse ich nicht locker.

»Ja, das kann stimmen«, erwidert Michele schnaubend und reißt dann den Mund zu einem geräuschvollen Gähnen auf. »Ich müsste mir die Vernehmungsprotokolle wieder vornehmen und gründlich durchforsten.«

»Nun, das hättest du doch gestern Nacht tun können, wenn du schon wachgelegen hast, oder? Wozu sind wir eigentlich hergekommen, nach zehn Jahren und mit nichts in der Hand? Dachtest du, dass der Himmel dir eine Eingebung schicken würde?«

Vielleicht habe ich mich etwas zu grob ausgedrückt, aber was ich gesagt habe, denke ich auch. Ich hasse es, Zeit zu vertrödeln.

»Hast du einen Liebhaber?«

Seine Frage bringt mich ganz aus der Fassung.

»Was zum Teufel … Wie kommt dir ausgerechnet jetzt so etwas in den Sinn, entschuldige mal?«

»Einfach so, aus Neugier. In Wahrheit frage ich mich das schon seit gestern Abend. Wenn du nämlich einen festen Freund hättest, dann hättest du ihn auch zum Essen mitgebracht, aber du bist allein gekommen. Es sei denn, er lebt in einer anderen Stadt!«

Ich hüte mich davor, ihm zu sagen, dass mir just gestern Abend exakt der gleiche Gedanke, aber auf ihn bezogen, durch den Kopf gegangen ist und ich zum gleichen Ergebnis gekommen bin. Ich will nicht, dass er sich etwas vormacht und glaubt, ich hätte ein gewisses Interesse an ihm. Ich will ja nicht leugnen, dass er mir gefällt: Er sieht nicht übel aus, seine Art, sich zu geben, ist angenehm, er ist durchaus sympathisch. Aber ich will bei ihm lieber im Schneckentempo vorangehen. Wenn man es genau nimmt, kenne ich ihn noch keine vierundzwanzig Stunden.

»Nein, ich bin nicht gebunden«, entschließe ich mich endlich zu antworten. »Um es genauer zu sagen, ich bin es nicht mehr seit fast einem Jahr.«

»Fast einem Jahr …«, wiederholt Michele und starrt dabei auf einen Punkt in der Ferne. »War es eine wichtige Geschichte?«

»Ja, aber nicht für mich. Er dagegen war überzeugt, dass dem so wäre, und hat sich viel zu weit vorgewagt.«

»Vorgewagt, bis wohin?«

»So weit, dass er das Thema Heiraten angeschnitten hat. Als er mich gefragt hat, ob ich ihn heiraten will, ist mir das Blut in den Adern gefroren. Ein apokalyptisches Szenario tat sich vor meinen Augen auf:

offizielle Verlobung, Schwiegereltern, Kirche, weißes Brautkleid, Hochzeitsempfang. Ganz zu schweigen davon, wie ich mir den Ehealltag vorstelle: ein Leben wie ein Löwe im Käfig, möglichst mit einem Säugling zwischen den Füßen und immer mit ein und demselben Mann an meiner Seite, den ich versorgen, dem ich Rechenschaft ablegen, mit dem ich Raum und Zeit teilen muss. Die letzte Person, die ich vor dem Einschlafen sehen würde, und die erste, die mir am Morgen unter die Augen käme. Ein Albtraum.«

»Verzeih die Banalität meiner Beobachtung, aber in dem, was du sagst, steckt kein Funken Liebe.«

»Liebe? Ich glaube nicht, jemals so etwas empfunden zu haben. Leidenschaft ja, aber das ist ein komplett anderes Gefühl; es ist ein glühendes Verlangen, das wenige Sekunden dauert, und rasch vorüber ist, sobald der Alltag auf den Plan kommt, der das Grab der Sinnenfreude, des Eros ist.«

»Heilige Jungfrau, was für ein Jammertal! Und was ist aus dem Ärmsten, der um deine Hand angehalten hat, schließlich geworden?«

»Das war klar, dass du dich auf seine Seite schlägst! Glaub mir, er ist es nicht wert. Obendrein ist er nämlich ein halber Schwachkopf.«

»Warum das? Lass hören«, und dabei grinst er frech.

»Da habe ich nur die Qual der Wahl«, versuche ich Zeit herauszuschinden und wühle in meinen Erinnerungen. »Einmal, um dir nur ein Beispiel zu geben, haben wir beschlossen, eine Reise zu machen. Ich hatte ein ruhiges Reiseziel vorgeschlagen, irgendwo in der Natur, so etwas wie eine Rundfahrt auf dem Fahrrad durch Irland. Er dagegen wollte nicht nur in die Stadt, er brauchte die Metropole, wollte im Chaos ersticken. Es gab keinen Weg, um auf einen gemeinsamen Nenner zu kommen. Eines Sonntags bei einem Spaziergang am Tiberufer hielt er mir plötzlich zwei Flugtickets unter die Nase. ›Überraschung‹, hat er gequiekt. ›Es geht nach Mexiko-Stadt!‹ Ich wollte meinen Ohren nicht trauen: Eine Gehenna mit über zehn Millionen Einwohnern, wo der Sauerstoff endgültig durch das Kohlenmonoxid ersetzt ist, und das einzige Panorama, das man genießen kann, besteht aus Wolkenkratzern, Asphalt und Zement. Ich habe ihm gehörig den Kopf gewaschen: Was er sich denn einfallen ließe, über meinen Kopf hinweg zu entscheiden, obwohl ihm doch klar sein musste, wie meine Vorstellung von Urlaub von der seinigen abweicht? Ich habe ihn angeschrien, er solle sich besser eine andere Reisebegleiterin suchen, denn ich würde ihm nie und nimmer in diese Hölle folgen. Darauf ist er durchgedreht: Er stampfte auf wie ein Knirps, trat gegen die geparkten Autos und bearbeitete die Promenadenmauer mit seinen Fäusten. Dann zerriss er die Tickets in tausend Stücke. Und was, meinst du, hat er dann getan?«

»Nun«, meint Michele, »an seiner Stelle hätte ich dir das, was von den Tickets übrig war, ins Gesicht geschleudert.«

»Bravo! Genau das hätte ein normaler Mensch getan. Aber nicht er. Er lief mit den Papierfetzen in der Faust den Gehsteig entlang, bis er schließlich einen Container für Papiermüll entdeckte, in den er dann fein säuberlich jedes Fitzelchen Papier entsorgt hat, penibel darauf bedacht, dass ja keines auf den Boden fällt.«

Michele bricht in schallendes Gelächter aus. »Das ist doch nicht möglich!«, ruft er mit vom Lachen angekratzter Stimme. »So etwas hab ich in meinem ganzen Leben noch nicht gehört!«

»Und du kennst den Rest noch nicht! Als er mich gefragt hat, ob ich ihn heiraten wollte, habe ich nicht unmittelbar Nein gesagt. Ein Überbleibsel von Spießertum hatte mich um ein Haar so weit gebracht, zu denken, es wäre vielleicht doch besser, sich dieser Konvention zu beugen; also hat er mich eines Morgens gezwungen, mit ihm in die Castelli Romani zu fahren, um dort ein Luxushotel für den Hochzeitsempfang anzugucken. Auf der ganzen Rückfahrt habe ich keine einzige Silbe gesprochen, während er mit dem Lenken beschäftigt war und mit seiner Mutter per Handy sämtliche Vorbereitungen diskutierte. Kurz vor meinem Haus, eingezwängt in den Verkehr, beendet er schließlich das Telefonat und meint: ›Mama hat die *bomboniere* ausgesucht.‹ Kannst du dir das vorstellen? Seine Mama, diese alte Hexe, hat sie ausgesucht. Und weißt du, wie sie aussehen sollten? Fotorahmen aus geschliffenem Glas und Silber, mit Strass bestückt und in der Mitte eine runde Vorrichtung für das Foto der Brautleute aus der Verlobungszeit. Da hab ich endgültig rot gesehen. Wie eine Furie bin ich ausgestiegen und nach Hause gerannt. Zuerst hat er mir nachgebrüllt, ich solle doch stehen bleiben, dann hat er den Wagen in der zweiten Reihe geparkt und ist mir nachgelaufen, hat mich am Arm gezerrt und versucht, mich zur Einsicht zu bringen. Aber ich wollte nichts davon wissen. Ich hab's bis zur Haustür geschafft, hab sie aufgeschlossen und bin so schnell wie möglich die Treppe hoch. Der Idiot hat sich unten im Treppenhaus postiert – er konnte ja nicht hochkommen wegen des Autos in der zweiten Reihe – und hat von dort völlig sinnlos gebrüllt, ich solle doch zurückkommen. Ich habe gesehen, wie er mit der Hand in die Hosentasche fuhr und sie zur Faust geballt wieder herauszog, dann hat er den Arm in die Höhe gehoben und voller Wut wieder fallen lassen. Dabei sind ihm etliche Münzen aus der Tasche auf den Boden gefallen. Ich habe mich ganz vorsichtig über das Treppengeländer gebeugt: Da kniete er und sammelte die Münzen ein, fein säuberlich eine nach der anderen, und steckte sie wieder ein. In dem Moment habe ich entschieden, ihn nie wieder zu treffen.«

»Du hast recht, das war wirklich ein Schwachkopf. Wie hieß er denn?«

»Oh, sein Name ... Ist das wichtig?«

»Ja, sicher ist das wichtig. Ich will mir ein vollständiges Bild von ihm machen ... Komm schon, lass dich nicht bitten.«

»Pius«, hauche ich.

»Pius!«, wiederholt er laut und biegt sich schon wieder vor Lachen.

Und dieses Mal lache ich mit, aus vollem Hals, ungebremst.

Mit einem Schlag hören wir auf und sehen uns an. Ringsum nur Vögel und das Rauschen der Baumwipfel im sanften Windhauch. Etwas verlegen neige ich den Kopf, noch unentschlossen, wie ich mich weiter verhalten soll.

Und als ich dann mutig den Kopf wieder hebe, sind Micheles Augen weit aufgerissen; aber nicht auf meine gerichtet, sondern auf meine Schulter.

»Michele, was ist ...«

Sein Atem geht schwer, er zittert wie Espenlaub. Schweiß rinnt über seine Stirn, und sein Gesicht ist aschfahl.

Ich packe ihn am Arm und schüttle ihn energisch. »Michele, was ist denn? Ist dir übel? Ich flehe dich an, sprich ... Sag endlich was ...

»Da ... ist ... ein... eine ... Spin...ne ...«

»Was meinst du?«

»Ei...ne ... Spin...ne ... auf ... dei...ner ... Schul... ter. Ei...ne ... Spin...ne.«

Ich drehe meinen Kopf nach rechts und nach links, um das zu überprüfen. Und in der Tat: Auf meiner Schulter ruht ein hauchdünnes Spinnlein. Keine Tarantel aus Venezuela und auch keine Schwarze Witwe, nur ein Spinnlein von ein paar Millimetern Größe, unbeweglich und beinahe durchscheinend.

Ich drücke den Fingernagel des Zeigefingers auf die Innenseite des Daumens und schnipse damit gegen das Tierchen, das wie ein Golfball davonfliegt.

»Argh!«, schreit Michele und wirft den Oberkörper nach hinten, wobei er sich das Gesicht mit den Armen bedeckt.

Verdutzt starre ich ihn an. Er keucht wie ein Blasebalg und jammert in Fötushaltung. Ich muss ihn rasch beruhigen, bevor er einen Infarkt bekommt.

»Michele, komm schon, das ist ein völlig harmloses Tierchen. Ja, es gilt sogar als Wohltäter. Weißt du, dass einige Völker die Spinne als göttliches Wesen verehren? Sie soll ihnen das Feuer geschenkt haben. Andere behaupten, sie bringe Glück. Wenn eine Spinne in dein Haus kommt und dort ihr Netz spinnt, sei das ein gutes Zeichen. Ach ja, und die Engländer empfehlen, die Spinne ungehindert durch die Zimmer rennen zu lassen, dann würden Liebe und Erfolg eintreffen.« Ich ringe um Argumente, aber jetzt fällt mir keines mehr ein.

»Nein … nein … nein …«

»Vielleicht ist es deshalb, weil du Spinnen verabscheust, dass die wichtigen Zeitungen dir keine Arbeit geben«, konstruiere ich mühsam.

»Basta … ich flehe dich an … lass gut sein.«

»Willst du auf immer und ewig beim *Echo von Orvieto* bleiben? Tu doch was, oder nicht?«

Er ist immer noch blass. Da versuche ich es mit der Mythologie, nehme Ovid und seine höchst poetische Erzählung von der Metamorphose des Mädchens Arachne zu Hilfe: Sie hatte es gewagt, die Göttin Athene in der Kunst des Webens herauszufordern, und war derart gut darin, dass sie den Neid und den

Zorn der Göttin heraufbeschwor und ihr diese mehrfach mit der Spule auf die Stirn schlug. Arachne hielt die Erniedrigung nicht aus und erhängte sich; doch Athene ließ sie nicht sterben und verwandelte sie in eine Webspinne, die dazu verdammt ist, auf immer und ewig an einem Faden hängend zu weben.

Das Märchen hat seine Wirkung offensichtlich nicht verfehlt. Sein Atem geht wieder ruhig, auch seine Gesichtsfarbe hat sich normalisiert. Michele trocknet sein Gesicht mit dem Handrücken.

»Macht es dir etwas aus, wenn wir uns auf den Heimweg begeben?«, fragt er.

»Nein, überhaupt nicht.«

Wieder durchqueren wir die Macchia und gelangen zu seinem Cinquecento. Ich bestehe darauf, dass er mich ans Steuer lässt, doch ohne Erfolg. Wir schweigen während der ganzen Fahrt, er aus Verlegenheit, ich wegen der Schmach, wieder einmal auf einen Schwachkopf gestoßen zu sein.

Plötzlich habe ich keinen Bock mehr, einen solchen Schlappschwanz um mich zu haben.

Für mich ist nur noch wichtig, so rasch wie möglich wieder allein zu sein.

»Essen wir zusammen zu Mittag?«

»Nein, Michele. Ich gehe lieber gleich nach Hause. Ich habe noch einige Sachen zu erledigen … vielleicht ein andermal, hm?«

»Na gut, einverstanden. Du willst nicht, dass ich dich begleite?«

»Das ist nicht nötig, wirklich nicht. Zu Fuß sind es ein paar Schritte, mit dem Wagen wäre es viel zu umständlich.«

»Wie du meinst … Ich melde mich, sobald ich die Vernehmungsprotokolle durchgearbeitet habe, dann sage ich dir …«

»Ist gut, ist gut.«

Mit hastigem Gruß springe ich aus dem Cinquecento, kaum dass er angehalten hat.

Von der Piazza della Repubblica nehme ich den Corso, den eine heitere und laute Menschenschar bevölkert. Beinahe hätte ich es vergessen – es ist ja Pfingsten, und Orvieto steht wegen des Festes der *Palombella* kopf. Ich mische mich unter die Menschentrauben, die von den Seitenstraßen auf den Domplatz drängen, denn dort wird das Metallkabel angebracht, auf dem der Strahlenkranz mit der weißen Taube in der Mitte entlangläuft: Sie startet von einem Schrein, der auf der Spitze der Kirche von San Francesco montiert ist, und endet in einem anderen Schrein, der auf dem Kirchplatz vor der Kathedrale aufgebaut ist. Es ist eine antike, aber grausame Tradition: Auf dem Flammenkranz, der die Taube umschließt, das Symbol des Heiligen Geistes, sind Böller angebracht, die explodieren, während die Kranzkonstruktion auf dem Kabel entlangrast und das unglückselige Federvieh von einem Strudel aus Flammen und Feuerzungen eingekreist ist. Endet der »Flug« ohne Hindernisse, gilt das als gutes Zeichen und wird mit einer Salve der anderen Böller begrüßt, die, mit Girlanden verflochten, unter den Freudenschreien der Touristen und der Orvietaner überall auf der Piazza losgehen.

Ich frage mich, wie die arme Taube nur lebend ihr Ziel erreicht: Vielleicht machen sie zuvor Eignungstests, um die Exemplare mit den stärksten Herzen herauszufinden. Sie lassen dem Tier nicht einmal die Zeit, um sich von dem Trauma zu erholen, schon wird das Täubchen aus dem Flammenkranz herausgezerrt und der Braut übergeben, die zuletzt im Dom geheiratet hat.

Etwas niedergeschlagen mache ich mich auf den Nachhauseweg und verlasse die sonst so stille und friedliche Piazza.

So sage ich dem letzten Maitag Lebewohl.

Tritt man den Tau, ist das harte Eis nicht mehr weit. Gelbes Unterkleid bringt zarte Gesundheit! Das Empfangende bewirkt feines Gelingen. Günstig für die Hartnäckigkeit einer Stute. Wenn der Adlige eine Sache in die Hand zu nehmen hat und will voranschreiten, dann verliert er sich; folgt er jedoch, findet er Führung. Günstig ist es, Freunde im Westen und im Süden zu finden, auf die Freunde im Osten und im Norden zu verzichten. Ruhiges Beharren bringt Gesundheit!

Im Übrigen, werter Freund, das behauptete sogar Martial: ›Eine sündige Krankheit hat den gierigen Teil zerstört.‹«

»Und wie! Im Übrigen hatte Celso das schon vor Zeiten beobachtet. Seine Patienten starben an ihr vor Auszehrung. Wie die Fliegen gingen sie zugrunde.«

»Uh! Uh!«, ruft der Professor vergnügt. »Und wenn man bedenkt, dass Quintus Serenus zu einer Behandlung riet, bei der die eitrigen Wunden mit Brombeerblättern gerieben werden sollen. Wie sagt man doch so schön, das Heilmittel ist schlimmer als das Leiden … hi, hi, hi!«

Sie haben ihr Vergnügen wie zwei Lausbuben. Sie wirken gar nicht mehr wie der besonnene Bücherliebhaber und die Koryphäe, die eigens angereist ist, um das bestellte Buch in Augenschein zu nehmen: nämlich ein französisches Pamphlet aus dem Jahr 1764, herausgegeben von einem Arzt, der es vorzog, das Geheimnis seiner Identität zu wahren und auf diese Weise feige über den Autor von *Parallèle des différentes méthodes de traiter la maladie vénérienne* herzuziehen. Das Buch ist interessant, besonders für einen Mann vom Fach: Der Kaufanwärter hat sich mit diesem Thema vom Anbeginn seiner Laufbahn bis zu ihrem Ende wegen Erreichens der Altersgrenze beschäftigt, aber deswegen noch lange nicht aufgehört, seiner lebenslang gehegten Leidenschaft nachzugehen. Seit geraumer Zeit war er auf der Suche nach diesem stark polemischen Traktat zu der Frage, welche die beste Methode zur Heilung von Geschlechtskrankheiten ist: So hat der Professor alle seine Kanäle angezapft, und tatsächlich ist es ihm gelungen, ein Exemplar in Paris ausfindig zu machen. Jetzt liegt das Buch auf einem der Lesepulte zur Ansicht. Der illustre Mann vom Fach blättert darin sichtlich erregt und spricht sich immer wieder bewundernd über die gute Machart und den perfekten Zustand aus.

»Verehrter Paolini, Sie haben einen meiner größten Wünsche in Erfüllung gehen lassen.«

»Pas de quoi, mon cher ami, pas de quoi.«

Sachte klappt der Professor das Buch zu und geht damit zur Verkaufstheke, wo er gelbes Packpapier und eine Rolle Schnur hervorholt. Pingelig, wie er ist, braucht er gute fünf Minuten, um es zu verpacken – das hätte ich in maximal sechzig Sekunden erledigt!

»Machen Sie uns Ihre Aufwartung, wann immer es Ihnen beliebt, hochverehrter Herr Doktor. Meine Empfehlungen auch an Ihre Gattin.«

»Danke, Professor. Und überbringen Sie bitte meine Grüße an Signora Giorgina, ich bitte sehr darum … Auf Wiedersehen, Signorina Matilde.«

»Auf Wiedersehen«, erwidere ich und mache Ciao mit der Hand.

Als der Professor den Namen meiner Hauswirtin vernimmt, wechselt sein Gesicht die Farbe. Er gibt sich betont gleichgültig, aber seine Miene hat sich enorm verfinstert, so als hätte das Aussprechen dieses magischen Namens ihn in wer weiß welche Unruhe versetzt.

»Alles in Ordnung mit Ihnen, Professor?«

»Wie? … Ja, alles gut … Alles in Ordnung …«

»Sind Sie sicher? Es scheint, als habe Sie irgendetwas aus dem Gleichgewicht gebracht.«

»Nein, meine Liebe. Sie brauchen sich nicht um mich zu sorgen.«

»Aber ich tue es dennoch. – Hat Giorgina etwas damit zu tun?«, frage ich ganz frech.

Eine Glutwelle überzieht sein Gesicht.

»Giorgina?«, bringt er stotternd heraus. »Was sagen Sie da? Wieso um Himmels willen sollte …«

»Sie verzeihen, wenn ich so frei bin, aber es ist doch offenkundig, dass Ihre Gefühle für sie über eine simple Freundschaft weit hinausgehen. Aber vielleicht täusche ich mich auch«, werfe ich ihm ein rettendes Stichwort zu, um ihm aus der Verlegenheit zu helfen. »Vielleicht hat sich Ihre Miene bei dem Wort Giorgina deswegen verändert, weil Sie wütend auf sie sind. Sie haben doch heute Mittag bei ihr gespeist; ist vielleicht etwas vorgefallen …«

»Basta, basta, Matilde. Bitte hören Sie auf. Es liegt nicht an ihrer Kochkunst, sondern an meinem Gefühl für …«

Da! Er gibt es zu. Ich hätte meinen Kopf darauf gewettet. »Sie verzeihen, Professor. Das tut mir wirklich leid, wenn ich Ihnen zu nahe getreten bin«, lüge ich schamlos. »Ich wollte meine Nase nicht in Ihre Angelegenheiten stecken.«

»Nein, nein, seien Sie beruhigt. Im Gegenteil, ich schätze Ihre Anteilnahme. Ich glaube, es ist an der Zeit, dass ich Ihnen erkläre, wie die Dinge stehen: Wir arbeiten eng zusammen, und obendrein leben Sie im Haus dieser mir sehr nahestehenden Person. Kommen Sie, machen wir es uns bequem.«

Wir setzen uns auf die gepolsterten Stühle, und in andächtigem Schweigen warte ich, bis der Professor die passenden Worte gefunden hat.

»Sie war noch ein Kind, als wir uns kennenlernten«, hebt er nach einem Weilchen an. »Ich war schon ein junger Mann und besuchte die zehnte Klasse des Gymnasiums. Ihre Mutter war gleich nach dem Krieg als Gouvernante zu uns gekommen; sie war in ihrer Arbeit sehr akkurat und voll gesunder Prinzipien. Leider hatte sie ihren Ehemann verloren: Er hatte zwar die Bombenangriffe im Krieg überlebt, aber 1949 ist er an Tuberkulose gestorben. Mutter und Tochter verfügten nur über geringe Mittel und waren zu uns gezogen. Giorgina war damals knapp fünf Jahre alt, ein scheues, einsames Kind; weder im Kindergarten noch in der Grundschule hatte sie Freundschaften geschlossen; sie tat sich schwer mit dem Lernen und lebte in ihrer ganz eigenen Welt, in der es Schattenwesen und imaginäre Freunde gab. Die Mutter wandte sich an mich und bat mich, Giorgina bei den Hausaufgaben zu helfen, was ich gerne tat: Ich entdeckte meine Neigung für die Pädagogik.« Er unterbricht seine Rede, ein Lächeln spielt um seine Lippen, als genieße er jene Erinnerungen, die aus den Tiefen der Vergessenheit wieder hochsteigen.

»Und ist es Ihnen gelungen, dass sie ihr Lernpensum in den Griff bekam?«

»Ganz und gar nicht! Sie war in meinen Augen ein wirklich hoffnungsloser Fall. Ich versuchte, auf alle erdenkbare Weise ihr Interesse und ihre Kreativität zu wecken; nur Lyrik schien eine gewisse Wirkung bei ihr zu zeitigen, was dahin führte, dass sie anfing, Gedichte zu schreiben, aber … Meine Güte! Die waren einfach grässlich! Ich habe nie etwas Seichteres, Misstönenderes, Trivialeres gelesen …«

»Ich verstehe, Professor. Wie schade.«

Er wurde rot wie eine Paprika.

»Ja, gewiss. – Dann aber ereignete sich etwas: Ich weiß nicht, ob durch angeborene Begabung oder ob jemand sie verhext hat, Tatsache ist, dass Giorgina mir eines Tages … ich war bereits an der Uni … in die Augen schaut und sagt: ›Du hast ein Problem.‹ ›Gewiss habe ich eines‹, erwidere ich, ›mein Problem bist du: Ich bin einfach nicht imstande, dir etwas beizubringen.‹ ›Nein‹, fuhr sie unbeirrt fort, ›vor einigen Tagen hast du dir bei einem Examen eine schlechte Note geholt und weißt jetzt nicht, wie du es deinen Eltern sagen sollst.‹ Stellen Sie sich das einmal vor! Wie konnte sie das bloß wissen?«

»Nun, sie lebte mit Ihnen zusammen … Vielleicht hat sie irgendwie davon erfahren, zum Beispiel durch einen Kommilitonen, der bei Ihnen zu Besuch war.«

»Ja-a, das könnte sein … Aber vielleicht auch nicht. Vielleicht hatte sie meine Gedanken schlichtweg lesen können.«

»Gedanken lesen? Aber Professor …«

»Ja, so meine ich es! Ein anderes Mal hatte mein strenger Herr Vater mich losgeschickt, um einen eigens aus Reims georderten Champagner abzuholen, der bei einem wichtigen Bankett gereicht werden sollte und natürlich ein Vermögen gekostet hatte. Auf dem Rückweg bin ich beim Überqueren der Straße vor unserem Haus gestolpert und der Länge nach hingefallen. Die Flasche war in tausend Stücke zersprungen, und es gab keine Möglichkeit, sie zu ersetzen. Am Boden zerstört, betrat ich unser Haus: Mein Vater würde mich hart bestrafen. Da kam auf einmal Giorgina in mein Zimmer, strich mir sanft übers Haar und sagte: ›Du hast ein Problem …‹«

»Schon wieder?«

»Ja! Ich weiß nicht, wie sie es angestellt hat, zu wissen, dass es mir schlecht ging, aber …«

»Nun, sie hat Sie allein und verzweifelt in Ihrem Zimmer überrascht und eins und eins zusammengezählt … Also um zu begreifen, was Sache war, hatte es wahrlich keines Blickes in die Glaskugel bedurft.«

»Ich verstehe Ihre Skepsis, meine Liebe, aber es ging noch weiter. Sie hatte mir fortwährend übers Haar gestrichen und gesagt: ›Dein Problem ist eine Champagnerflasche, die zu Bruch gegangen ist.‹ Jesus und Maria! Wer um Himmels willen hatte ihr zu dieser Eingebung verholfen?«

»Eingebung? Sie wird am Fenster gestanden haben, als Sie die Straße überquert haben …«

»Mag sein. Oder sie war tatsächlich in der Lage, meine Gedanken zu lesen.«

»Herr Professor! Das meinen Sie doch nicht im Ernst … Glauben Sie tatsächlich, dass Giorgina eine Hellseherin ist?«

»Also ja, das glaube ich!«, ruft er verärgert.

»Die Zeit verging, und Giorgina wuchs heran. Ignorant, starrköpfig, aber sensibel. Und nach und nach verliebte ich mich in sie. Ihre abstruse Denkweise, ihr Nonkonformismus gegenüber dem Rest der Welt gefielen mir an ihr. Aber ich habe es ihr nie gestanden. Ich wusste, dass sie es aus meinen Gedanken lesen könnte; wieso also unnötige Worte machen?«

»Gewiss …«

»Ich malte mir aus, sie zu heiraten, sobald sie volljährig ist, und tat das meiner Familie kund. Da ging ein Donnerwetter los, dass es nur so krachte! Ein Paolini dürfe nie und nimmer die Tochter einer Dienstmagd heiraten. Und da der Einfluss, den Giorgina auf mich hatte, immer stärker wurde, machte mein Vater kurzen Prozess und jagte Mutter und Tochter aus dem Haus.«

»Das tut mir leid, das ist ein sehr trauriges Ende.«

»Nein, meine Liebe. Wir sind noch nicht beim Ende. Eines Morgens wartete sie an der Straßenecke auf mich. Sie nahm meine Hände in die ihren und sagte: ›Wir haben ein Problem. Mama hat keine Arbeit mehr, und wir wissen nicht, wie wir über die Runden kommen sollen.‹ So kam es, dass ich anfing, ihr die Hälfte meines Unterhalts zuzuschieben und später auch einen Teil meines Dozentengehalts. Dann überschlugen sich die Ereignisse: Mein Vater starb, mein Bruder und ich erbten die Liegenschaften und die Buchhandlung, Giorgina heiratete einen Möbelvertreter, in den sie sehr verliebt zu sein schien, und sie blieb treu an seiner Seite, bis der große Kleiderschrank die beiden trennte.«

Seine Augen sind feucht geworden. Er senkt die Lider, und Tränen rinnen langsam über sein Gesicht. Verschämt wischt er sie mit den Fingern weg, dann lehnt er den Kopf an die Kopfstütze.

»Und können Sie denn nicht jetzt um sie werben?«, frage ich. »Wo doch ihr Mann tot ist.«

Er schüttelt traurig den Kopf. »Sie hat mich nie wirklich gewollt. Im Grunde ist es so, wie es derzeit läuft, für Giorgina und mich das Beste: Wir sind sehr gute Freunde, wir sind uns gegenseitig eine Stütze und leisten einander Gesellschaft. Und dann, darf ich

Ihnen etwas verraten? Die Aufregung, die ich verspüre, wenn ich sie sehe, das Schmetterlingsgefühl, das ihre Nähe und das gleichzeitige Wissen um ihre Unerreichbarkeit in mir auslösen, das alles hält mich lebendig, sorgt für Herzklopfen wie bei einem Grünschnabel. Wenn Giorgina mich erhören würde, wäre mein letzter Wunsch in Erfüllung gegangen, und ich habe Angst, dass danach bei mir peu à peu das Licht ausginge. Diese Flamme in meinem Herzen möchte ich so lange wie möglich am Brennen halten.«

Die Pendeluhr schlägt sieben und bringt uns zurück auf den Boden der Tatsachen. Der Professor legt die Hände vorne auf die Sessellehnen und zieht sich hoch.

»Machen Sie ruhig schon Feierabend, meine Liebe, und gehen Sie nach Hause.«

»Aber es ist doch noch eine gute halbe Stunde bis Ladenschluss.«

»Das macht nichts. Ich kümmere mich um alles. Gehen Sie.«

Ich bin gerührt vom Ende seiner Beichte und umarme ihn fest. Dann nehme ich meine Tasche und verlasse den Laden.

Es ist ein lauer Abend, und ich habe keine Lust, schon nach Hause zu gehen. Daher beschließe ich, noch eine kleine Runde mit dem Fahrrad zu drehen. Seit dem Ausflug in die Macchia dei Frati sind drei Tage vergangen, und meine Muskeln schmerzen noch immer von der Nacht auf dem Schaukelstuhl: besser also, die Glieder zu lockern.

Ich radele Richtung Dom und werfe Alfredo, der vor seiner Bar sitzt, im Vorbeifahren einen Gruß zu. Dann fahre ich über die Piazza und durch die angrenzenden Straßen, erreiche gegen die Fahrtrichtung den Corso und biege nach einigen Dutzend Metern linker Hand in die übliche kleine Straße ein. Am Ende angelangt, muss ich wie schon das letzte Mal wieder scharf bremsen. Die Schrift an der Wand ist erneuert worden, an ihrer Stelle hat der unbekannte Graffitokünstler eine andere aufgesprüht.

BRING DEIN DENKEN IN ORDNUNG

Diese Aufforderung nehme ich als Gedankenanregung, nicht mehr und nicht weniger, so wie die eine oder andere Antwort des *I-Ching*. Gerade als ich weiterfahren will, lässt mich ein schwacher und doch durchdringender Laut innehalten.

Ich spitze die Ohren.

Da ist es wieder.

Es ist ein Gewinsel und kommt von einer Stelle irgendwo unterhalb der Schrift. Nein, es kommt genau aus dem Müllcontainer unter der Schrift.

Ich stelle das Fahrrad ab und schaue zwischen den Kartons nach, die dort ringsum aufgetürmt sind.

Nichts.

Aus dem Gewinsel wird ein richtiges Geheul.

Ich staple einige Kartons aufeinander, um zu dem Container hinaufzureichen. Dann überwinde ich den Ekel und beuge mich hinein.

Zwischen den stinkenden Mülltüten bewegt sich ein Beutel.

Etwas in seinem Innern scheint meine Anwesenheit bemerkt zu haben und strampelt wie wild.

Ich stelle mich auf die Zehenspitzen und fasse so tief wie möglich hinunter. Ich schaffe es, den Sack, der wie von der Tarantel gestochen zuckt, zu packen, ziehe ihn heraus, springe von meinem Turm hinunter und öffne ihn schleunigst.

Es sind drei Welpen.

Drei kleine Wolfshunde.

Vielleicht ein, zwei Monate alt. Ich weiß es nicht.

Nass vom eigenen Urin, Sabber und mit Exkrementen bedeckt, sind sie mir unendlich dankbar, dass ich sie vor einem grauenvollen Sterben bewahrt habe.

Sie lecken mir die Finger, sie drängen sich an mich, ich habe alle Mühe, sie auf Abstand zu halten. Einer von ihnen hat ein eingerissenes Ohr und wirkt sehr schwach und mitgenommen.

Ich verfluche den erbärmlichen, grausamen Feigling, der den Welpen das angetan hat. Vorsichtig verstaue ich die Hündchen im Gepäckträgerkorb des Fahrrads und fahre schnurstracks zur Tierklinik.

Im Eiltempo, ein Rennen gegen die Zeit.

Im Kopf die Verse von Pablo Neruda.

So wandern wir,
Mensch und Hund vereint,
durch den grünen Morgen,
die anregend leere Ödnis,

in der nur wir
existieren,
nur unser Bund aus betautem Hund
und einem Dichter des Waldes,
den Vogel im Versteck gibt es nicht
und nicht die verborgene Blume,
einzig ein Trillern und Duften
für zwei Weggefährten
für zwei Jagdgefährten,
eine Welt, die feucht
von dem ist, was aus der Nacht tropft,
einen grünen Tunnel, dann
eine Wiese,
wo einen orangenrote Luft anweht,
das Raunen der Wurzeln,
Leben, das umherzieht,
atmet, heranwächst,
und die uralte Freundschaft,
das Glück,
ein Hund und ein Mensch zu sein,
zu einem einzigen Tier verwachsen,
das nun mit
sechs Beinen läuft
und mit einem
betauten Schwanz wedelt.

Die Erschütterung bedeutet Aufsteigen. Die Erschütterung kommt; beunruhigend, beunruhigend. Dann kommen die fröhlichen Worte: rufend, rufend. Obwohl die Erschütterung Menschen im Umkreis von hundert Meilen erschreckt, verliert er weder Schöpfkelle noch Wein. Wiederholter Donner: das Bild der Erschütterung. So wird der Würdige in der Furcht und bebend Ordnung in sein Leben bringen und sich selbst erforschen.

»Doris! … Lessing! … Hierher, sofort!«

Wie der Blitz, sich auf dem Balkon fast überschlagend, schießen sie herbei. Ich kauere auf dem Terrakottaboden und empfange sie mit offenen Armen, übermütig stapfen sie auf mir herum, die eine, weil sie mich vorbehaltlos liebt, der andere, weil er, mehr als mich, die Belohnung liebt, die er jedes Mal bekommt, wenn er einen Befehl aus meinem Mund befolgt.

Die zwei Wolfswelpen leben seit einer Woche bei mir, aber mir kommt es vor, als wären sie schon immer hier. So gutmütig, friedlich und gesetzt die kleine Doris ist, desto wilder und anarchischer ist Lessing, ein echtes Quecksilber: »Und was er trifft – dem Blitze gleich, wenn es wettert –, verbrennt, zerschlägt, zerstört er und zerschmettert« (Ludovico Ariosto). Ihr Bruder Van Gogh hat es nicht geschafft: Er war am Ende seiner Kräfte und ist dem Tierarzt unter den Händen weggestorben. Obgleich ich ihn nur eine halbe Stunde auf dem Schoß gehabt hatte, wollte ich ihm einen Namen geben, um mit dieser Liebesgeste die abscheuliche Niedertracht auszugleichen, die jemand an diesen schutzlosen Geschöpfen begangen hat.

Laut Tierarzt sind sie ungefähr drei Monate alt und werden nicht mehr sehr viel wachsen. Das ist gut so, denn ich beabsichtige ja, sie überallhin mitzunehmen. Ich bin glücklich über den Empfang, den meine Orvieto-Community diesen zwei »Dreikäsehochs« bereitet: Der Professor hat sich buchstäblich in Doris verliebt, und der Abschied am Abend schmerzt ihn jedes Mal aufs Neue; er hält sie im Arm oder unter dem Ladentisch, wo die Kleine zusammengerollt schlummert. Bei Lessing dagegen bereitet es ihm einige Mühe, Haltung zu bewahren, besonders wenn der kleine Teufel ihm, während er mit einem Kunden im Gespräch ist, in die Waden zwickt oder mit der ganzen Kraft seiner Unterkiefer den kostbaren Perserteppich hin und her reißt, auf dem der Globus aus dem 18. Jahrhundert steht.

Nicht einmal Giorgina hatte etwas einzuwenden; vorausgesetzt, dass die Hunde nur in meinem Teil des Hauses unterwegs sind.

Jeder freut sich, wenn meine haarigen Begleiter und ich das Haus verlassen, und es folgt ein einziges Grüßen, Streicheln, Liebkosen und Lächeln, kaum dass ich mein Fahrrad mit den beiden im Korb besteige, um in die Buchhandlung oder zum Einkaufen zu fahren, oder zu Fuß durch diese wunderbare Stadt spaziere, in der die Hunde ohne Leine herumlaufen dürfen.

»Beelzebub! ... Racheengel! ... Vierter Reiter der Apokalypse! ...«

Ein Buch für Eugenio Persichetti in der Hand, eile ich, aufgeschreckt von der Schimpftirade des Professors, aus dem kleinen Saal im Souterrain nach oben.

Auf dem Boden – ein Desaster!

Lessing hat zuerst sämtliche Papierkörbe umgekippt und die zusammengeknüllten Blätter danach mit Geduld und Ausdauer in kleinste Stückchen gerissen. Keine Ecke der Buchhandlung ist von den schneeflockenartigen Fetzen verschont geblieben.

»Gottesstrafe!«

Der Professor war draußen vor dem Schaufenster gestanden, um Eugenio Gesellschaft zu leisten, der Lust auf eine Zigarette hatte, und Lessing hatte sich wohl vernachlässigt gefühlt und auf diese Weise seinen Frust abreagiert. Es ist mir ein Rätsel, wie es ihm gelungen ist, innerhalb von nicht mehr als vier Minuten eine solche Katastrophe anzurichten.

Mir hat es die Sprache verschlagen. Ich versuche eine Entschuldigung zu formulieren, ziehe es dann aber vor, das Chaos schnellstmöglich zu entfernen, um die Missetat ungeschehen zu machen. Lessing hat sich unter ein Regal verkrochen und macht keine Anstalten hervorzukommen; die Schreie haben ihn erschreckt, und im dunklen, engen Versteck fühlt er sich sicher. Ich werde ihn zwingen, ein ganzes Weilchen dort unten zu bleiben, zur gerechten Strafe.

»Soll ich mit anpacken?«

Ich bin auf allen vieren, den Rücken der Eingangstür zugewandt, damit beschäftigt, sauber zu machen, und habe Micheles Eintreten gar nicht bemerkt. Ich schaue ihn von unten nach oben an und nehme sein Angebot gerne an.

»Das ist nett von dir … danke.«

Michele kniet sich neben mir auf den Boden und beginnt mit den Händen die Papierschnipsel einzusammeln.

»Ist es nicht besser, wir nehmen Schaufel und Besen dafür?«, fragt er plötzlich.

»Klar wäre das besser. Dumm nur, dass Lessing das Putzset gestern Abend zerbissen hat.«

Michele unterdrückt ein Lachen. Er findet die Situation äußerst komisch, reißt sich jedoch zusammen, denn er hat gerade einen Blick auf das Gesicht seines Onkels geworfen. Der Professor sitzt mit finsterer Miene im Sessel hinter dem Ladentisch, die kleine Doris auf dem Arm. Dieses Mal werde ich nicht ungeschoren davonkommen.

»Er ist stocksauer«, flüstere ich Michele zu. »Ich hoffe, er beruhigt sich wieder, sonst sehe ich schwarz für Lessing.«

»Wenn du willst, kannst du ihn künftig zu mir bringen, bevor du in den Laden gehst. Ich nehme ihn gerne. Was die Unordnung angeht, scheinen wir wie füreinander geschaffen.«

Ich schaue nach Lessing. Flach wie ein Unterseeboot liegt er unterm Regal, den Kopf zwischen den Pfoten. Ich habe das Bild vor Augen, wie er aus dem Müllbeutel herauskam, und ich merke, wie sich mein Magen zusammenzieht.

»Ich werde darauf zurückkommen, danke.«

Michele zieht den Abfalleimer zu sich.

»Hör zu«, sagt er und sammelt weiter Papierfetzen ein, »ich habe die Verhörprotokolle noch einmal gelesen und bin auch zur Dienststelle der Carabinieri gegangen. Von denen, die damals mit dem Fall betraut waren, ist nur noch ein einziger Obergefreiter im Dienst; er erinnert sich aber nur vage. Es würde mich freuen, wenn du mir bei meinen Recherchen helfen könntest.«

Ich lasse mir Zeit mit der Antwort. Das Theater mit der Spinne hat mir wirklich gereicht. Mit Dummköpfen hatte ich noch nie viel Geduld.

»In Ordnung«, gebe ich schließlich nach. Allerdings tue ich das mehr aus Dankbarkeit und Respekt gegenüber dem Professor, als dass ich an der Aufklärung des seltsamen Falles besonders interessiert wäre.

»Hervorragend!«, erwidert er begeistert. »Also heute Abend bei mir?«

»Nein. Heute Abend im Café del Teatro.«

Es ist ein lauer Abend, und ich sitze im Freien vor dem Teatro Mancinelli. Die Luft, die man hier atmet, ist etwas *bohémienne*; ich beobachte das bunt gemischte Publikum, das das Café bevölkert, und versuche, mir die Herkunft und Beschäftigung einzelner Gäste vorzustellen: Musiker, Studenten, Möchtegernkünstler, Vertreter der Bourgeoisie.

Ich trinke ein Bier und warte darauf, dass Michele auftaucht. Die beiden Hunde schlafen ineinander verschlungen in der Tragetasche, die ich stets mit mir führe und jetzt auf dem Boden neben meinem Stuhl abgestellt habe.

»Erwarten Sie jemanden, schöne Maid?«, ertönt hinter mir Micheles laute Stimme.

»Ja, einen Rüpel, der Damen versetzt.«

»Du hast recht, tut mir leid. Ich habe in der Redaktion die Zeit übersehen, ich musste einen Artikel fertig schreiben, der heute noch in Druck gehen soll.«

»Ganz ruhig, das war nur ein Scherz... Hast du bemerkt, wie herrlich man hier sitzt?«

»Ja, man kommt sich fast vor wie in Prag oder Paris.«

Auch er bestellt ein Bier, dazu einige Tramezzini. Dann öffnet er eine Dokumentenmappe und zieht einen Stapel abgegriffener Papiere heraus. Auf der Suche nach etwas Bestimmtem blättert er sie durch, wird fündig und legt es mir vor die Nase.

Es ist ein Farbfoto und zeigt einen etwas älteren Mann in Nahaufnahme.

Er ist im Liegen abgelichtet worden und trägt auf dem Kopf eine enge, dunkle Kappe, unter der rötliche Haare hervorgucken. Das bleiche, ausdruckslose Gesicht ist über und über mit Falten bedeckt, die Lider sind geschlossen, ebenso die schmalen Lippen. Die

Nase ist verhältnismäßig dick; aus dem linken Nasenflügel, der weitaus geblähter ist als der rechte, ragt getrockneter Rotz. Ein dunkler Stoff bedeckt den Hals und reicht bis zu den extrem abstehenden Ohren.

»Ist er das?«, frage ich.

»Das ist er.«

»Und das ist das einzige Foto von ihm? Haben sie keine Aufnahmen davon gemacht, wie die Leiche am Ast baumelt?«

»Doch, aber sie sind nicht mehr aufzufinden.«

»Wie ist das möglich?«

»Sagen wir so, die Ermittlungen wurden mehr als leger durchgeführt – gelinde ausgedrückt. Der damalige Polizeihauptkommissar stand kurz vor der Pensionierung und hat sich anscheinend kein Bein mehr ausgerissen. Er hat die Ermittlungen schlampig geleitet, und das ist sicher ein wesentlicher Grund, warum keine brauchbaren Ergebnisse zustande kamen. Dieses Foto wurde auf Flyern und in den Medien veröffentlicht, um die Identität des Toten herauszubekommen. Doch niemand hat sich gemeldet. Wir werden uns mit dem bisschen zufriedengeben müssen, was in den Dienstprotokollen dokumentiert ist.«

»Ist gut. Fangen wir von vorne an. Beginnen wir beim Auffinden der Leiche.«

Michele nimmt einen großen Schluck Bier und macht sich wieder ans Durchblättern der Papiere.

»Hier ist ein Protokoll der Technischen Abteilung. Wie wir bereits annahmen, ließe sich der Umstand, dass die Füße den Erdboden berührten, damit erklären, dass der Strick unter dem Gewicht des Mannes nachgegeben hat. Oder …«

»Oder was?«

»Der Körper könnte durch den Sprung ins Leere mehrere Male auf und ab geschaukelt und dabei an einer Unebenheit am Boden hängen geblieben sein.«

»Gibt es keinen Hinweis auf eine mögliche Vortäuschung?«

»Nein, vor allem auch deshalb nicht, weil bei der Autopsie, wie du weißt, keinerlei Zeichen von Gewalteinwirkung oder Verletzungen festgestellt wurden. Der Tod ist zwei Tage vor dem Auffinden der Leiche eingetreten, und im Organismus befanden sich keinerlei Rückstände von Gift oder Betäubungsmittel. Deshalb wurde Mord ausgeschlossen: Niemand wäre imstande, einen Mann bei vollem Bewusstsein aufzuknüpfen, ohne dass der sich zur Wehr setzen würde. Er müsste zwangsläufig vorher betäubt worden sein, entweder durch einen Schlag auf den Kopf oder durch ein Narkotikum; aber von beidem gibt es nicht die geringste Spur. Der Befund ist klar: Ersti ckungstod durch Strangulieren.«

»Das mag so sein, aber es überzeugt mich nicht.« Ich leere mein Bier und bestelle sofort das nächste. »Nehmen wir an, es handle sich um Selbstmord: Der Mann wäre also den Baumstamm hinaufgeklettert, hätte das Seil befestigt, sich die Schlaufe um den Hals gelegt und sich dann nach unten fallen lassen. Sieh dir das Foto genau an, Michele. Glaubst du wirklich, dass dieser alte Mann noch wendig genug war, um den Baumstamm zu erklimmen?«

»Nun … sicher … das Äußere …«

»Bleiben wir noch ein wenig bei der Selbstmordtheorie und gehen wir die zweite Möglichkeit durch: Der Alte ist nicht auf den Baum geklettert, sondern hat den Strick von unten am Ast festgebunden. Darüber haben wir bereits gesprochen: In diesem Fall müsste er logischerweise ein Hilfsmittel benutzt haben, um den Ast zu erreichen; wie sonst hätte er den Strick befestigen können? Deshalb frage ich dich noch einmal: Wurde in der Nähe eine Leiter, ein Stein, irgendein verdammtes Teil gefunden, mit dessen Hilfe er hätte hochgelangen können?«

Michele sucht eifrig nach diesem Detail, unterbrochen von einem Schluck Bier und einem Biss von seinem Tramezzino.

»Nein, ich finde nichts Derartiges«, muss er schließlich zugeben.

»Dann muss er jemanden dabei gehabt haben, der ihm eine Räuberleiter gemacht hat«, entgegne ich.

»Keine Leiter, keine Steine, kein Hocker«, fährt Michele fort, ohne sich von meinem Sarkasmus beirren zu lassen. »Aber man fand zwei Papiertaschentücher, ein zerknülltes Zigarettenpäckchen, eine kleine Wasserflasche und ein Einwegfeuerzeug. Darauf unzählig viele Fingerabdrücke, aber keine von dem Toten. Die Gegenstände führten die Ermittlungen nicht weiter, schließlich stößt man überall in der Macchia auf den ein oder anderen Abfall. Und auf dem Boden fand man Spuren eines ockerfarbenen Pulvers; der Analyse zufolge handelte es sich um eine Mischung aus getrockneten Baumharzen und Blütenpollen.«

»Pollen?«, wiederhole ich überrascht.

»Ja, Pollen. In einem Wald ist das doch normal.«

»Aber nicht Ende Oktober, sondern im Frühjahr! Haben sie Pollen nur in der Nähe des Leichnams gefunden oder auch an anderen Stellen des Kastanienwalds?«

»Hm … darüber steht hier nichts. Ich könnte den Obergefreiten der Carabinieri befragen, vielleicht erinnert er sich an etwas. Und dann … beinahe hätte ich vergessen, dir das Interessanteste zu zeigen …«, und wieder wühlt er in seiner Mappe, zieht ein Blatt Papier hervor und reicht es mir. »Der Tote hatte am linken Ohr ein Zweiglein eingeklemmt. Bei den Unterlagen gibt es davon ein Foto, das sie mir ausgedruckt haben.«

Von Botanik habe ich kaum eine Ahnung. Der ungefähr dreißig Zentimeter lange Zweig sagt mir rein gar nichts. Ich gebe Michele das Blatt zurück und versuche, ein Resümee zu ziehen.

»Also, der Alte ist hingegangen und hat sich aufgehängt, zuvor aber hat er sich einen Zweig hinters Ohr gesteckt, wie es der Metzger mit seinem Bleistift macht … Was auch immer die Carabinieri behaupten, es passt nicht zusammen. Was gibt es sonst noch an Beweisstücken?«

»Kein Personalausweis, kein Geld, nur die Kleider, die er auf dem Leib trug.« Michele liest laut aus dem Protokoll vor: »Anthrazitgrauer Anzug, weißes Oberhemd, weiße Boxershorts, roter Kaschmirpullover, Hosenträger, schwarze Mokassins, Mantel und schwarzgrauer Schal der Marke Armani und schwarze Kappe.«

»Kaschmirpullover, Mantel von Armani ... Der Typ war nicht arm.«

»Moment, ich bin noch nicht fertig. Ganz wichtig: In der Sakkotasche hatte er ein weißes Stofftaschentuch mit den Initialen EM. M. Die gleichen waren auf den Saum des Hemds und auf die Boxershorts gestickt.«

»Es könnte also ein Emanuele, ein Emiliano, ein Emilio oder ein Emerenziano gewesen sein.«

Ich schweige. Die Geschichte wird langsam spannend, ich muss in Ruhe darüber nachdenken. Doch das gelingt mir nicht, denn Doris holt mich mit einem nicht ignorierbaren Gähnen aus meiner Gedankenwelt. Es ist halb zehn: Die Hunde müssen dringend gefüttert werden!

Gepriesen sei in alle Ewigkeit, wer das Bett erfunden hat.

Wie weit sind wir doch gekommen seit den Zeiten prähistorischer Laublager. Die Evolution hat uns dahin gebracht, die müden Glieder einmal auf Tierfellen, dann auf Teppichen oder auf der Trikline auszustrecken, auf Stoffdecken, die einmal mit Stroh, dann mit Maisblättern oder mit Wolle gefüllt waren, bis wir schließlich auf den Federkern- und Schaumstoffmatratzen oder dem Wasserbett gelandet sind.

In der Vergangenheit gab es Menschen, die weniger Glück hatten: Als sie sich auf den Weg von Eleusis nach Athen machten, widerfuhr ihnen das Missgeschick, in die Hände des grausamen Wegelagerers Prokrustes zu fallen. Der zwang den unglücklichen Wanderer, sich auf einem Felsenbett auszustrecken und dessen gleiche Maße anzunehmen. War er zu kurz, wurde er gestreckt, war er zu lang, wurden ihm die Beine zurechtgestutzt.

Wie auch immer, das heutige Bett ist ein Ort der Erholung.

Aber nicht heute Nacht.

Ein penetrantes, schwer identifizierbares Geräusch hindert mich daran einzuschlafen.

Auch die Hunde sind hellwach. Sie stehen, die Ohren gespitzt, den Schwanz in Habtachtstellung, neben ihrem Körbchen, und ihre Aufmerksamkeit ist voll auf den Schrank gegenüber dem Bett gerichtet.

Das Geräusch wird lauter, ein Rascheln und Knarren.

Ich schalte die Nachttischlampe an, hole tief Luft, stehe auf und gehe Richtung Schrank. Doris und Lessing folgen mir, doch als ich nach dem Griff der Schranktür fasse, quetschen sie sich ängstlich zwischen meine Beine, um von hier aus jede meiner Bewegungen zu verfolgen.

Ich öffne energisch, und das Rascheln hört schlagartig auf. Als ich die Schranktür ganz aufziehe, rutscht mir etwas Wolliges entgegen. Ich brauche ein Weilchen, bis ich begreife, dass es nur die alte Decke aus Melangewolle ist, die noch von meiner Großmutter stammt. Vorsichtig strecke ich eine Hand aus und fasse sachte an die Decke. Mit einem Satz springt ein dunkles Knäuel heraus und flitzt durch das Zimmer.

»Pfui Teufel! Eine Maus! Oder sogar eine Ratte? Um Gottes Willen, hilfe!«

Doris und Lessing kläffen laut und überschlagen sich schier auf der Verfolgungsjagd des grässlichen Eindringlings. Sie schlingern über den Fußboden und veranstalten ein hoffnungsloses Durcheinander.

Meine Schreie und das aufgeregte Bellen der Hunde durchdringen die Nacht, aber keiner scheint davon aufzuwachen. Auch Giorgina nicht. Vielleicht schläft sie mit Ohrstöpseln, oder sie hat ihr Schlafzimmer wie einen Atombunker isoliert.

Panisch flüchte ich aufs Bett und fluche.

»Dreckige Bestie!«, stoße ich wie ein Mantra aus. »Abstoßendes Wesen! Ekelerregender Bewohner der Müllhalden! Ratte aus den Abwasserkanälen! Verschwinde!«

Du widerlicher Überträger der Pest. Du verwesendes Wesen, von der heiligen Inquisition erwählt, um in die Vagina der Hexen zu glitschen und sie zu Tode zu beißen. Du, deren grauenvoller Name der Homografie wegen gar in epochemachenden Ereignissen Einzug gefunden hat und mich von dort verlacht und verfolgt.

Il ratto delle Sabine = Der Raub der Sabinerinnen
Il ratto di Proserpina = Der Raub der Proserpina

Il ratto di Polissena = Der Raub der Polyxena
Il ratto di Elena = Der Raub der Helena
Il ratto dal serraglio = Die Entführung aus dem Serail

Amor, ch'al cor gentil ratto s'apprende (Liebe, in edlen Herzen zündet rasch) – nicht einmal die Dichtung ist frei von deiner obszönen Gegenwart.

Ich knie auf meinem Bett und suche mit Röntgenaugen jeden Zentimeter des Zimmers ab, in der angstvollen Erwartung, dass die Bestie wieder auftaucht.

Doch ich kann das Untier nirgendwo mehr sehen. Doris und Lessing haben sich beruhigt und schnüffeln überall herum. Es ist besser, woanders zu nächtigen: Wenn das Monster sich in diesem Zimmer versteckt hat, wird es früher oder später auch wieder auftauchen.

Also, nichts wie weg von hier! Ich verziehe mich auf den Porta-Portese-Stuhl, den ich zuvor in die Mitte des Wohnzimmers geschleift habe; hocke mit hochgezogenen Beinen und halte den Besen wie eine Lanze in der Hand.

Der Edle lässt nicht Opferschwert noch Trinkkelch fallen.

Es heißt, dass die Stunde vor dem Morgengrauen die düsterste und lichtloseste sei. Doch diese undurchdringliche Finsternis verliert sich bald schon, um dem Wunder des neuen Tages Platz zu machen, wenn die Tochter des Lichts, o du rosenfingrige Göttin des Morgens, leuchte.

Dieses Lichtwunder offenbart sich mir, während ich noch immer auf dem Schaukelstuhl kauere. Doris und Lessing schlafen friedlich auf dem Fußboden; jeder auf einer Seite des Stuhls. Auf so viel Gelassenheit bin ich geradezu neidisch; sie haben keine Angst vor dem Nagetier, und so machen sie sich auch nicht mehr die Mühe, es aufzustöbern.

Ich dagegen schon. Ich will diese ekelerregende Ratte tot sehen. Der Gedanke, sie könne noch irgendwo in der Wohnung sein, ist mir unerträglich.

Den Besen in der Hand und mit geschärfter Aufmerksamkeit, um jede auch nur geringste Bewegung zu erhaschen, bringe ich mein morgendliches Ritual zu Ende: Frühstück, Dusche, Ankleiden. Dann mit den Hunden aufs Fahrrad und so schnell wie möglich zur nächstgelegenen Eisenwarenhandlung.

Die ist eher ein Verlies als ein Geschäft. Schlechte Beleuchtung, niedrige Gewölbedecke, vollgestopft mit Werkzeug, Landwirtschaftsgeräten, Blumenzwiebeln und Samen. Hinter dem Ladentisch steht ein hagerer kleiner Mann, versunken in Berechnungen auf einem vergilbten Stück Papier. Als er bei meinem Eintreten den Kopf hebt, gewahre ich zu meinem Entsetzen, dass er ein Mausgesicht hat: eingefallene Wangen, flink umherwandernde, listige Äuglein, schmaler Schnurrbart und – das ist der Gipfel! – lange Schneidezähne im Oberkiefer, die so weit nach vorne stehen, dass sie trotz größter Bemühung nicht mehr im Mund verschwinden könnten. Auch Doris und Lessing, die Köpfchen schief gelegt, beäugen ihn voller Neugier.

»Was wünschen Sie?«, fragt der Mann mit einer hohen Fistelstimme.

Ich erzähle ihm von meinem ungeladenen Mitbewohner.

»Haben Sie die Kolonie bereits ausfindig gemacht?«, fragt er.

»Also, eigentlich habe ich nur ein einziges Tier gesehen. Meinen Sie wirklich, es könnte sich um eine ganze Kolonie handeln?«

»Ja, das könnte gut sein«, fiept er. »Wenn es ein Weibchen ist, gibt es womöglich irgendwo ein Nest.«

Schweiß tritt mir auf die Stirn.

»Ein Rattenweibchen wirft fünfzehn Mal pro Jahr«, macht er stur weiter, »und jeder Wurf besteht aus rund fünfzehn Jungen, Sie können sich leicht ausrechnen, wie viele möglicherweise bereits unter Ihrem Dach leben … Und es ist nicht einmal gesagt, dass das Tier, das sie gesehen haben, das einzige geschlechtsreife Exemplar bei Ihnen zu Hause ist. Nein, verehrte Dame: Sie müssen davon ausgehen, dass es noch andere gibt.«

Ein Schwindelgefühl erfasst mich. Ich bin kurz davor, wie ein nasser Sack zu Boden zu gehen.

»Bitte helfen Sie mir, mich von diesem Albtraum zu befreien, ich flehe Sie an«, erwidere ich mit matter Stimme.

»Ratten sind sehr intelligente Lebewesen«, gibt er zu bedenken und streicht sich über den flunsigen Bart. »Und obendrein sehr schnell. Plötzlich sind sie da, dringen überall ein, auch in die schmalsten Ritzen. Sie bauen Nester in Automotoren, in Kühlschränken, im Mauerwerk, in Waschmaschinen. Und sie beißen, hei ja! Sie springen auf dich drauf, beißen dich in den Hals, in die Beine …«

»Ich flehe Sie an, Schluss damit! Sagen Sie mir nur, was ich es anstellen soll, um sie loszuwerden.«

»Die Viecher sind schlau und misstrauisch, verehrte Dame. Deshalb muss man sie hinters Licht führen. Ich kann Ihnen da verschiedenerlei Systeme empfehlen, und …«

»Ja, bitte, zeigen Sie her«, unterbreche ich ihn, um mir weitere grauenhafte Ausführungen zu ersparen.

»Tja, schauen wir mal… Da gibt es zum Beispiel mit Klebstoff bestrichene Täfelchen, die auf dem Fußboden ausgelegt werden. Wenn das Nagetier darüber hinweghuscht, bleibt es unweigerlich daran kleben. So fest, dass sich manche sogar die Pfoten abbeißen, um wieder freizukommen …«

Und schon stelle ich mir die Ratte vor, die sich mit blutigen Stümpfen durch die Wohnung schleppt. Ich bin einer Ohnmacht nahe.

»Doch wie ich sehe, haben Sie Hunde, deshalb rate ich Ihnen von dieser Methode ab«, fährt das Männchen fort, »auch die könnten ja in die Klebefallen geraten. Eine weitere Methode funktioniert mit Ultraschallwellen: Man muss dieses Gerät hier nur in eine Wandsteckdose stecken, und schon verbreiten die Wellen einen heftigen akustischen Druck, der im Nervensystem und auch im Gehör der Ratten einen Schmerz erzeugt und die Tiere das Weite suchen lässt. Die Hersteller versichern, dass andere Tiere nicht in der Lage sind, diese Ultraschallwellen wahrzunehmen. Dennoch wäre ich auch hier vorsichtig wegen Ihrer Hunde.«

»Was gibt es denn sonst noch?«

»Gift, das Sie am besten in jeder Ecke Ihrer Wohnung ausstreuen. Ich habe hier ein sehr wirksames Produkt, es riecht nach Erdbeeren und hemmt bei Verzehr die Blutgerinnung. Es wirkt nicht unmittelbar, aber nach einigen Tagen platzen die inneren Organe des Tieres, es verbrennt innerlich und stirbt durch Verbluten. Aber auch da sehe ich die Gefahr, dass Ihre Hunde …«

»… still, hören Sie auf damit. Was können Sie sonst noch anbieten?«

»Ah, eine geniale Erfindung. Sehen Sie dieses Plastikrohr? Man legt einen Köder hinein und schließt es an den Stromkreislauf an. Sobald das Tier hineinschlüpft, zack!, kriegt es einen Stromschlag, und aus ist es … Hi, hi, hi … Der einzige Nachteil ist der Gestank nach verschmortem Fleisch und angesengtem Fell; was den Rest angeht, ist das eine sehr saubere und hygienische Angelegenheit.«

»Gibt es wirklich nichts anderes mehr?«, frage ich halblaut und ignoriere meinen verkrampften Magen.

»Verehrte Dame, dann bleiben nur die guten alten Käfigfallen.«

Ich kaufe zehn Stück.

Dann eile ich nach Hause, röste Brotbrocken auf dem Feuer, bestreiche sie reichlich mit Amelias Olivenöl und lege sie in die kleinen Käfige. Dann verteile ich die Fallen auf die Räume; zwei platziere ich gleich neben dem Schrank im Schlafzimmer.

Jetzt bleibt nur noch abzuwarten.

Schwierigkeiten häufen sich. Das Mädchen ist keusch, sie verspricht sich nicht in die Ehe, zehn Jahre nicht, dann spricht sie das Ehegelöbnis aus. Wer den Hirsch jagt ohne Jagdaufseher, wird sich zwangsläufig im Wald verlieren. Der Edle erkennt die Zeichen der Zeit und verzichtet lieber. Weiterzumachen bringt Schande. Pferd und Kutsche brechen auseinander. Blutige Tränen rinnen herab.

Liebe Livia,

schlaflose Nächte liegen hinter mir. Sie standen im Zeichen der Hoffnung, etwas möge geschehen. Ich versuche meine irrationalsten Ängste in den Griff zu bekommen, doch ist es mir noch nicht gelungen, dem in mir tief vergrabenen Schmerz auf den Grund zu gehen.

Manchmal glaube ich, mit diesem Schmerz auf die Welt gekommen zu sein, als wäre er ein Markenzeichen von mir; wie sehr ich mich auch anstrenge, seine Wurzeln freizulegen, immer gelange ich an einen Punkt, der mich zwingt innezuhalten und mir das Weitergehen unmöglich macht.

Du hast oft versucht, ins Innere dieses finsteren Tunnels vorzudringen, und ich habe Dich gewähren lassen. Es war eine Mutprobe, die Du um jeden Preis bestehen wolltest, aber auch Du warst angesichts dieser undurchdringlichen Wand achtlos. In unserer

Seele gibt es einen winzigen Bereich, in den wir niemanden blicken lassen, auch nicht unseren liebsten Freund. Und oft halten ihn auch wir vor uns selbst verborgen.

Du bist Teil dieses Schmerzes. Und das, was dazu geführt hat, dich zu verlieren, ist Teil einer Tragödie, die uns nicht zusammengeschweißt, sondern getrennt hat. So dreht sich das Karussell des Lebens: Man wächst gemeinsam heran, und plötzlich kennt man sich nicht mehr. Ich habe Dich gehen lassen, weil ich Dich nicht wiedererkannt habe. Das Gefühl der Leere kann ich nur mühsam bewältigen. Nicht, weil ich eine Freundin, eine Schwester verloren habe; sondern weil ein Teil von mir selbst zerbrochen ist.

Wer behauptet, dass Freunde sich gegenseitig das Leben verlängern und helfen, Gebrechen zu heilen, hat recht. Aber das Wort Freundschaft wird allzu oft falsch verstanden und mit Sympathie verwechselt. In dem Wort Freundschaft – *amicizia* – steckt das Verb *amare,* also lieben. Freundschaft ist ein seltenes und unerklärliches Gefühl; das aber – am Ende habe ich es begriffen – nur in einer bestimmten Zeit unserer Existenz anschlägt, nämlich wenn wir jung und unbeschwert auf der Suche nach Verbündeten sind. Mit dem Älterwerden ändert sich alles. Genau wie in der Liebe wird die Leidenschaft von der Gewohnheit, den materiellen Belangen aufgesogen. Dann gibt es keinen Raum mehr für Erklärungen. Keinen Platz mehr für die Besonderheiten des anderen.

Du hast mich verletzt. Du hast mich glauben gemacht, dass genau das Gegenteil möglich sei. Und so habe ich allen Halt verloren, wurde hineingeschleudert in ein Labyrinth, in dem ich mich nun zurechtzufinden bemühe. Was sich jenseits dieses verworrenen Geflechts befindet, ist das Geheimnis, das es zu lösen gilt; aber ich zwinge mich, bis zu einem gewissen Punkt zu begreifen, denn wie sagte doch Borges: Das Mysterium hat mit dem Göttlichen zu tun, und seine Lösung ist gegenüber dem Geheimnis immer zweitrangig. Ich befürchte, wenn ich die Wahrheit aufdeckte, wäre ich enttäuscht.

Wie der Minotaurus, den Dürrenmatt sich in einem Spiegellabyrinth vorstellte, so bin auch ich. Wohin auch immer sich diese ungeheuerliche Kreatur drehte und wendete, immer war sie mit ihrem ins Unendliche vervielfältigten eigenen Spiegelbild konfrontiert; Hunderte, Tausende von identischen kalten Minotauren, die sich im Gleichschritt und auf dieselbe Weise bewegten. Aber er, der Minotaurus, war schrecklich allein und begierig darauf, jemandem zu begegnen, der nicht er selbst wäre. Er träumte von einer Sprache, von Brüderlichkeit, Freundschaft, Liebe, Nähe, Wärme – wohl wissend, dass es ihm niemals gewährt werden würde. Dann endlich betrat Theseus sein Gefängnis, und der Minotaurus empfing ihn mit einem Freudengeheul. Er war so glücklich, nicht mehr der Einzige zu sein, und vollführte den Tanz der Brüderlichkeit, der Freundschaft, der Liebe, der Nähe, der Herzenswärme, doch als er sich erschöpft und in der Überzeugung, einen Bruder gefunden zu haben, in die Arme des anderen warf, zog Theseus den Dolch und bohrte ihn in sein Fleisch.

So sind auch wir Gefangene: in einem Spiegellabyrinth, das unser eigenes Bild bis ins Unendliche widerspiegelt. Die einzige Gewissheit, die wir haben, ist die Einsamkeit des Menschen in Erwartung, dass die Wahrheit sich enthülle. Und dass sie möglichst keine Enttäuschung ist.

Ich grüße Dich,

Matilde

Das Nachfolgen ist von sublimem Erfolg gekrönt. Begünstigend wirkt das Beharren. Ohne Makel. Inmitten des Sees wohnt der Donner. Die maßgeblichen Umstände verändern sich. Wer sich an den jungen Burschen bindet, verliert den starken Mann. Wer sich an den starken Mann bindet, verliert den jungen Burschen. Im Nachfolgen findet man, wonach man sucht. Den Weg mit Wahrhaftigkeit zurückzulegen führt zum Licht. Wie nur sollte dies ein Makel sein?

Michele ist völlig außer Atem; er trägt Bermudas, T-Shirt und Gesundheitssandalen und ist – wie könnte es anders sein – zu spät dran. Mir wird wohl nichts übrig bleiben, als mich daran zu gewöhnen. Und ganz zur Abwechslung führt er als Entschuldigung einen mysteriösen Artikel für die Zeitung an, der ihm Kopfzerbrechen bereitet und der bis zum Abend in Druck gehen muss.

Ich kannte einen, der immer zehn Minuten zu früh zu den Verabredungen erschien: Er wanderte auf und ab, sah sich die Schaufenster an und verlor dabei nie seine Taschenuhr aus den Augen. Wenn dann der Erwartete nicht pünktlich auftauchte, ging er einfach weg, ohne auch nur eine Sekunde länger zu warten. Das System hat funktioniert, und ich könnte es prima für mich anwenden, aber die friedliche Atmosphäre dieser Stadt stimmt mich mild, und ich neige zum

Schlendrian. Umso mehr, weil es heiß ist und ich immer größere Lust zum Faulenzen verspüre – nicht zuletzt wegen meiner mehrmaligen nächtlichen Kontrollrunden bei den Fallen. Ich habe schon drei eisgekühlte Zitronenlimonaden getrunken, fühle mich aber noch immer nicht wirklich erfrischt. Als ich bei Alfredo eine vierte bestelle, bringt er sie nur widerwillig, ihn stört, dass unter meinem Tisch Doris und Lessing liegen.

Das ist mein einziger Kummer; er schafft es einfach nicht, Gefallen an meinen Hunden zu finden. Alfredo liebt Tiere *tout court* nicht, aber Hunde hat er besonders auf dem Kieker, weil er überzeugt davon ist, dass in Gestalt von Hunden und Werwölfen Hexen ihr Unwesen treiben.

»Prügel und Brot tun dem Hund not«, kommentiert er bissig, wenn ich zu ihm in die Bar komme.

Das schlimme Erlebnis meiner Hunde lässt ihn völlig ungerührt. Ihr sanftmütiger und friedlicher Blick geht ihm nicht ans Herz. Und wenn sie größer sind, wird es noch schwieriger sein, ihm Sympathie zu Doris und Lessing zu entlocken, damit er sie in der Bar duldet.

Verschwitzt und durstig lässt sich Michele an meinem Tisch nieder und verschlingt eine Granita. Dann erheben wir uns und steuern auf die Heilpflanzen- und Reformwarenhandlung der Di Bruno zu. Als ich mich noch einmal umdrehe, sehe ich, wie Alfredo Salz auf den Boden streut, wo die Hündchen gelegen haben.

Doris und Lessing laufen ohne Leine neben Michele und mir her; es war an der Zeit, dass ich die Tragetasche zu Hause lasse. Heute ist das ein äußerst schwieriges Unterfangen: In der schönen Jahreszeit und besonders am Wochenende wimmelt es nur so von Touristen in der Stadt. Glücklicherweise haben wir nur wenige Meter zurückzulegen, das Geschäft befindet sich noch vor der Kreuzung zur Piazza des Doms.

Wir öffnen die Ladentür, ein Glöckchen verkündet unser Eintreten. Die Heilpflanzenhandlung gibt es schon seit Ende des 19. Jahrhunderts, und die Di Bruno haben die Originalausstattung behalten. An den Wänden stehen die klassischen Schubladenschränke, in denen Adelina und Filippo ein unglaubliches Sortiment von Heilpflanzen, Kräutern und über vierzig Sorten Schwarztee aufbewahren. In vier alten Kredenzen mit gläsernen Schranktüren lagern Kräutertees, verschiedenste Essenzen sowie Honig, Marmeladen, Flüssigextrakte, Edelharze, biologische Pflanzenschutzmittel und vieles mehr. Im ganzen Laden riecht es betörend und undefinierbar.

Man fühlt sich wie in eine frühere Welt zurückversetzt, doch es gibt auch modernere Gegenstände wie die ganz unpoetische Registrierkasse, eine Rechenmaschine auf dem Ladentisch und unzählige gerahmte Fotos von dem angebeteten Töchterlein Gigliola, die überall an den Wänden und auf dem Mobiliar verteilt sind. Gigliola als Säugling, Gigliola bei der Taufe, Gigliola als Erstklässlerin, Gigliola bei ihren ersten Schwimmversuchen und so weiter, bis zu den klassischen Familienfeiern.

»Filippo, schau mal, wer da ist …«

Adelina strahlt. Sie kommt uns mit offenen Armen entgegen, während die Hunde, aufgeregt ob all dieser Neuigkeiten, in jeder Ecke des Geschäfts herumschnüffeln.

»Sieh an!«, ruft Filippo, der aus dem hinteren Ladenteil auftaucht. »Was treibt euch zwei denn hierher?«

Er hält eine Tasse mit Joghurt in der Hand. Anders als beim Professor, der Schlag ein Uhr die Buchhandlung schließt, um bei Giorgina zu Mittag zu essen, haben die Di Bruno durchgehend geöffnet und wechseln einander ab, um einen Happen zu sich zu nehmen.

»Wir brauchen eure Hilfe, Filì«, erklärt Michele.

»Ist etwas passiert?«, fragt Adelina besorgt.

»Nein, genauer gesagt brauchen wir einen fachlichen Rat.«

»Ich höre«, bietet Filippo heiter seine Dienste an. »Macht es euch in der Sitzecke bequem. Adelina, bring doch bitte einen indischen Chai für unsere Gäste!«

Adelina verschwindet im Hinterzimmer des Geschäfts, wo sie hantiert, um dieses wunderbare Getränk zu brauen. Ich gehe ihr nach und sehe zu, wie sie in einen kleinen Topf Wasser und dunklen Zucker gibt, außerdem eine Zimtstange, einen Löffel Schwarztee, einige Gewürznelken, Ingwer, Kardamom und schwarzen Pfeffer. Einmal aufgekocht, muss das Ganze rund zehn Minuten weiterköcheln. Die beiden Männer schwatzen derweil über Lokalpolitik, und ich sehe mich um und bestaune die vielen Fotos von Gigliola.

»Siehst du, wie schön mein Engel war?«, ruft Adelina aus dem Hinterzimmer hervor, während sie die Tassen und Unterteller herrichtet.

»Sie ist sehr hübsch, du kannst stolz auf sie sein«, bekräftige ich mit einem Lächeln. »Wie alt war sie da?«

»Gerade sieben Jahre alt geworden«, antwortet Adelina und beäugt den Bilderrahmen, den ich von der Wand genommen habe. »Wir waren mit ihr zur Geburtstagsfeier einer Cousine nach Perugia gefahren. Der Tag ist nicht leicht zu vergessen: Sie hatte sich an einem Bonbon verschluckt und wäre beinahe erstickt.«

»O mein Gott, was für eine schlimme Sache …«

»Und ob. Wenn ich bedenke, dass wir sie hätten verlieren können … Du weißt ja nicht, wie sehr Filippo und ich sie uns gewünscht haben. Zwanzig Jahre haben wir es versucht, dann, als wir die Hoffnung bereits aufgegeben hatten, hat uns der heilige Joseph, Ausbund an Geduld und Stütze der Familien, diese Gnade erwiesen. Deshalb haben wir sie auch Gigliola genannt: Denn auf dem Stab des Joseph erblühten weiße Lilien.«

Ich bin überrascht über ihre Offenheit. Ich hänge das Bild wieder an seinen Platz und begebe mich ebenfalls in die Sitzecke. Adelina verschwindet wieder im Hinterzimmer und bringt dann auf einem Tablett die Tassen und das duftende schwarze Getränk. Sein einziger Nachteil: Man verbrennt sich leicht die Zunge daran. In der schwülen Luft des Ladens genügt ein Schluck, um zu zerfließen wie die Kerzen in der Vitrine, die in der Hitze immer weicher werden.

Während Doris und Lessing aufmerksam jede von Adelinas Handbewegungen verfolgen und neugierig schnuppern, öffnet Michele die Dokumentenmappe, zieht das Bild von der in der Macchia entdeckten Leiche mitsamt dem Zweiglein hervor und legt es auf das Tischchen.

»Könnt ihr mir verraten«, hebt er an und tippt mit dem Zeigefinger auf den Zweig, »was das für eine Pflanze ist? Hat das eine Bedeutung?«

Beide Eheleute setzen die Lesebrille auf und tauschen einen fragenden Blick aus.

»Was soll das?«, fragt Adelina mit dem Bild in der Hand.

»Nun, das wollten wir eigentlich von euch erfahren ...«, erwidere ich.

»Nein, nein ...«, schaltet sich Filippo ein. »Sie wollte sagen: Zu welchem Zweck müsst ihr das wissen?«

»Oh, es ist wegen eines alten Falls, den ich aus den Tiefen des Zeitungsarchivs gezogen habe«, erklärt Michele. »Er wurde nie aufgeklärt, ich würde gerne einen Artikel darüber schreiben. Stellt euch vor, was das für eine Sensation wäre, wenn ich herausfände, wie sich die Sache tatsächlich zugetragen hat.«

»Was für ein Fall?«, fragt Adelina ernst.

»Der Erhängte in der Macchia dei Frati, vor zehn Jahren. Erinnert ihr euch?«

»J-ja … wo du darüber sprichst …«, erwidert Filippo. »Wenn ich mich nicht täusche, hat man nie erfahren, wer der Mann war.«

»Bravo! Genau darauf will ich hinaus, auf seinen Namen. Wenn man den einmal hat, klärt sich der ganze Rest von allein.«

»Und du?«, wendet sich Adelina an mich und sieht mich über den Rand der Brille an, die ihr auf die Nase gerutscht ist. »Du interessierst dich auch für diese alte Geschichte?«

»Sehr sogar. Geheimnisse haben mich schon immer fasziniert. Doch ich beschränke mich darauf, dem Ermittler zu assistieren«, sage ich scherzhaft und deute mit einer Kopfbewegung auf Michele.

»Lasst uns keine Zeit verlieren«, fällt mir der angehende Poirot ungeduldig ins Wort. »Wisst ihr, was das für ein Zweig ist, oder nicht?«

Die Di Bruno wenden sich wieder dem Fotoausdruck zu und überprüfen aufs Genaueste jede Einzelheit des getrockneten Zweiges.

»Ysop«, sagt Adelina nach einem Weilchen plötzlich. »Man kann es hier nicht mehr so gut erkennen, aber der Stängel hier war sicher einmal von schönem Smaragdgrün, und die Blüten, die zwischen den länglichen Blättern sprießen, sind azurblau, sehr farbintensiv und leuchtend.«

»Du hast recht, Ysop«, bestätigt ihr Ehemann.

»Ysop?«, wiederhole ich ungläubig.

»Ja«, antwortet Adelina, »es ist eine Gewürzpflanze. Man sät sie im Winter, sie braucht Sonne. Sie wirkt appetitanregend, hilft gegen Blähungen und hat *tussio…«*

»*Tussio*… was?«, unterbricht Michele ihn.

»Hustenlindernde Wirkung, du Tölpel!«, erklärt Filippo und verpasst ihm einen Klaps.

»Ja, sie ist auch ein hervorragendes schleimlösendes Mittel«, fährt Adelina fort, »außerdem entzündungshemmend, antikatarrhalisch und krampflösend. Früher wurde Ysop auch verwendet, um epileptische Anfälle zu lindern und die Gefahr von Wundstarrkrampf zu bannen: Aus zerstampftem Ysop und Zucker bereitete man einen Brei zu und trug ihn auf Schnitte und Verletzungen auf.«

»Und… weiter nichts?«, fragt Michele.

»Nun, es hat einen etwas bitteren Geschmack, der entfernt an Minze denken lässt«, fügt Filippo hinzu, »deshalb kann man damit Salat, Fleisch und Suppen würzen. Nun, schauen wir mal… wenn ich mich nicht täusche, gehört es zu den Ingredienzen der Chartreuse-Liköre und wird gewiss auch für die Zubereitung von Kölnischwasser verwendet.«

»Und was noch?«, fragen Michele und ich wie aus einem Mund.

»Nichts sonst«, erwidern die Di Bruno wie aus einem Mund.

Ich schaue Michele an. Beide sind wir verblüfft. Wir hatten uns wer weiß erwartet, und stattdessen…

»Verzeiht«, meinte Adelina, »aber was sollte Ysop mit dem Erhängten zu tun haben?«

»Einen solchen Zweig trug der Tote am Ohr …«

»So wie es die Metzger mit ihrem Bleistift machen«, mische ich mich ein.

»Ja, genau«, bestätigte Michele meine Worte. »Wir haben gehofft, dass sich dahinter eine besondere Bedeutung verbirgt, etwas Symbolkräftiges. Was weiß ich, ein magisches Ritual …«

»Absolut nichts«, dementiert Filippo kategorisch.

»Absolut nichts«, bestätigt Adelina.

Und in synchroner Bewegung nehmen sie ihre Brillen ab.

Wir schweigen. Micheles und meine Enttäuschung ist mehr als deutlich. Was für einen Sinn soll all das haben? Was macht ein hustenlösendes Kraut, mit dem man auch Salat und Gemüse würzt, am Ohr eines Erhängten? Vielleicht geht die Fantasie mit uns durch, womöglich gibt es gar kein Geheimnis. Der Alte könnte tatsächlich, unter dem Druck irgendeiner Seelenqual, in die Macchia gewandert sein und beschlossen haben, seinem Leiden ein Ende zu bereiten. Vielleicht hat er sich zuvor auf die Erde gesetzt, um nachzudenken, und dort das Zweiglein ausgerissen und es sich hinters Ohr gesteckt, wie es die Bauern mit den Strohhalmen tun, wenn sie sich zwischen den Weizengarben hinlegen, um sich von den Mühen der Feldarbeit zu erholen. Eine automatische Geste, vom Instinkt geleitet. Es könnte so gelaufen sein, und wir verlieren uns hier völlig zwecklos in Fantasiegespinsten.

»Ich muss euch leider verlassen, meine Lieben.« Adelinas Stimme holt uns zurück in die Realität. »Heute ist Samstag, und ich habe das übliche Abendessen für die Freunde vorzubereiten. Ihr seid doch mit von der Partie?«

»Ich nicht, danke«, entgegne ich prompt. »In den letzten drei Nächten habe ich kein Auge zugetan, deshalb würde ich gerne mal früh zu Bett gehen.«

»Auch ich kann nicht«, schließt sich Michele an. »Ich bin mit meiner Arbeit im Rückstand und muss die Zeit nutzen, um hinterherzukommen.«

»Wie ihr wollt. Solltet ihr eure Meinung ändern, seid ihr jederzeit herzlich willkommen.«

Wir gehen hinaus in die Hitze des frühen Nachmittags. Die Hunde hecheln, und ich stehe ihnen in nichts nach. Ich verabschiede mich von Michele, und vage vereinbaren wir ein Treffen, um unsere Nachforschungen zu überdenken; dann schleppe ich mich schwitzend in Richtung Buchhandlung.

Von der Hitze erschlagen, falle ich in einen Sessel. Doris und Lessing verziehen sich unter ein Regal. Mir bleiben rund zwanzig Minuten, bevor der Laden wieder aufmacht.

Mich überkommt ein unruhiger Dämmerschlaf, in dem es von Erhängten, Ratten und Weizengarben nur so wimmelt.

Dort oben der Himmel, in der Tiefe der See. Langsam voranschreiten, auf einfachem Pfad. Jemand, der schielt, kann beobachten, jemand mit hinkendem Schritt kommt voran. Er tritt auf den Schwanz des Tigers, mit Umsicht und Klugheit gelangen sie endlich an den Quell der Gesundheit. Beobachte dein Auftreten, und wisse die günstigen Zeichen zu lesen. Ist dann alles der Vollendung nah, kommt sublime Gesundheit.

Tschack! Ein Säbelhieb zerreißt die Nacht.

Ich schrecke aus dem Schlaf, knipse die Nachttischlampe an – auch die Hunde sind vor Schreck zusammengezuckt; sie schnorchelten friedlich, und dieser plötzliche Knall hat sie unsanft geweckt. Wir sehen uns in die Augen, desorientiert. Dann – die Erleuchtung!

Von den Hundenasen geleitet, eilen wir zu den Fallen, die beim Kleiderschrank stehen.

Die Bestie ist drin.

Doris und Lessing beschnüffeln sie, stoßen mit den Pfoten gegen das Gitter. Ich rufe sie zur Ordnung und schicke sie mit einem entschiedenen »Auf euren Platz!« weg, dem sie nur ungern Folge leisten.

Ich schalte alle Lichter an, dann erst hebe ich die Falle vorsichtig in die Höhe.

Kein sechsköpfiges Ungeheuer, auch keine zähnefletschende Kreatur hockt darin. Hineingedrückt in die hinterste Ecke der Falle kauert ein zitterndes Wesen, halb so lang wie mein Zeigefinger. Es hat zwei große schwarze Augen, die um Gnade flehen, und darüber zwei rundliche, nach hinten gezogene Öhrchen.

Ich habe kein Mitleid mit dir, du ekliges Mäusevieh. Du hast meine Tage vergiftet, dich in meine Gedanken eingenistet. Glaubst du etwa, mich erweichen zu können?

Aber dieser Blick, dieses rosa Näschen in fortwährender Bewegung …

Was soll ich nur mit dir anstellen?

Vor meinem geistigen Auge erscheint die Gestalt meiner Großmutter. Triumphierend schreitet sie durch die Küche und hält eine Mausefalle in der Hand, in deren Innern ein verrückt gewordenes Mäuschen, so wie das meinige, wie irre umhertanzt. Seelenruhig geht die Großmutter zum Spülbecken, stellt einen Eimer hinein, füllt ihn mit Wasser, nimmt die Falle, versenkt sie, ohne zu zögern, im Wasser und hält sie auf den Grund gedrückt. Die Maus wehrt sich noch ein Weilchen, bis sie schließlich ertrinkt, niedergestreckt von einem gnadenlosen und grausamen Willen.

Ich schaffe das nicht. Ich bin nicht in der Lage, einen Mord zu begehen.

Sie wird Hunger haben, oder?

Ich gehe in die Küche, um Kekse zu holen, zerbrösle ein paar und schiebe die Bröckchen durch die Gittermaschen in den Käfig.

Ich mache die Lichter aus und gehe ins Bett zurück.

Morgen ist auch noch ein Tag.

Mit den Vorderpfoten auf dem Rand des Fahrradkörbchens genießen Doris und Lessing mit blanken Augen und windzerzaustem Fell die frische Morgenluft. Es ist fast sieben Uhr, und die Sonne steht noch niedrig, aber ich weiß jetzt schon, dass nichts Gutes zu erwarten ist: Der Sommer, der vor der Tür steht, verspricht einer der heißesten des Jahrhunderts zu werden. Ich radle über das Pflaster aus Etruskerzeiten, die Papiertüte und der Wasservorrat hüpfen derart im Gepäckträgerkorb, dass ich Gefahr laufe, sie zu verlieren.

Als wir bei der Macchia dei Frati ankommen, sind die Hunde kaum mehr zu bremsen. Jung, wie sie sind, habe ich sie noch nie in der wilden Natur frei laufen lassen. Ich schiebe das Fahrrad durch das Unterholz, sie jagen einander und überschlagen sich im Gras, erkunden eine bisher unbekannte Welt, reich an Überraschungen. Das weiche Moos unter ihren Pfoten, die Entdeckung eines Wurms, eines Laubblatts, eines Insekts, alles ist neu für sie; und durch ihre Begeisterung erscheint auch mir jedes Ding, als sähe ich es zum ersten Mal.

Als wir auf die Lichtung treten, bleiben sie erst einmal neugierig stehen: Nach dem dichten Wald waren sie nicht darauf gefasst, in jener endlosen Prärie zu landen. Mit heraushängender Zunge schauen sie zu mir auf, doch bald schon tollen sie kreuz und quer umher, ohne mich aus den Augen zu lassen.

Ich gehe zu dem tausendjährigen Edelkastanienbaum und genieße die Kühle, die mich unter seinem majestätischen Laubdach empfängt. Ich lehne das Fahrrad gegen den Stamm und nehme einen erfrischenden Schluck Wasser; auch die Hunde drängeln sich heran, um ihren Durst zu stillen. Während sie die Umgebung weitererkunden, lasse ich mich bäuchlings auf der Erde nieder, genau unter dem Ast des Erhängten.

Wie belebend ist doch die Berührung mit dem Gras! Der frische, schwere Duft des Erdreichs dringt durch meine Nasenflügel, steigt ins Gehirn – und die schreckliche Unruhe, die mich beim Erwachen gepackt hatte, legt sich.

Gestern Nacht habe ich einen Mann umgebracht.

Im Traum zwar, aber da habe ich ihn tatsächlich getötet.

Ich weiß nicht einmal, wer er war. Ich habe ihn mit dem Wagen verfolgt, während er mir auf dem Fahrrad zu entkommen suchte, dann habe ich ihm den Weg abgeschnitten, ihn gewaltsam vom Sattel gezerrt, auf den Asphalt geworfen und das gesamte Magazin einer Pistole auf ihn leergefeuert.

Das war nicht das erste Mal. Dasselbe Mordfieber überkam mich in einem früheren Traum gegenüber einer Bekannten, die mir mächtig auf den Geist ging. Ich bot ihr an, sie am Rande einer Schlucht zu fotografieren. »Von hier ist das Panorama einfach fantastisch«, empfahl ich ihr. Und um sie besser aufs Bild zu bekommen, bat ich sie, ein Stück zurückzugehen und noch einen Schritt, ja, bis sie rücklings in den Abgrund stürzte.

Und in einer anderen Nacht, als ich beim Zubettgehen recht aufgewühlt war, fiel eine alte Mathematiklehrerin meinen blutigen Gelüsten zum Opfer: Sie lag – mit vielen Messerstichen getötet – in der Badewanne, und um sie herum schwammen gelbe Gummientchen – was für ein seltsamer Anblick.

Beim Erwachen begreife ich stets, dass in Wirklichkeit gar nichts passiert ist, und dieser Umstand sollte mich eigentlich beruhigen. Aber dem ist nicht so. Es erschreckt mich zutiefst, dass ich im Traum glücklich bin, wenn ich töten kann. Einem meiner Artgenossen den Garaus zu machen verschafft mir Erleichterung und Freude. Bin ich eine potenzielle Mörderin? Wird eines Tages die verkommene Seite in mir dem unbewussten Drang gehorchen, denjenigen aus dem Weg zu schaffen, der mein Feind ist?

Ich drehe mich auf den Rücken und betrachte eingehend den Ast des Erhängten. Ich versuche mir vorzustellen, wie der Ast vor zehn Jahren aussah: schlanker und kürzer. Ich taste ihn mit den Augen ab, Zentimeter um Zentimeter, von der Spitze zum Stamm hin.

Einen Moment mal! Es sieht so aus, als ob …

Ich erhebe mich und gehe zum Baumstamm.

Ja, da ist ein Riss, und zwar genau an der Stelle, wo der Ast in den Stamm übergeht; er ist alt und längst verwachsen, aber noch immer erkennbar.

Aber ja! Alles ließe sich auf diese Weise erklären: Der Mann erhängt sich, der am Strick baumelnde Körper dreht sich um sich selbst, bis der Ast nachgibt und genau an der Stelle bricht, wo er aus dem Stamm herauswächst; daraufhin stößt der Tote mit den Füßen an den Boden, und seine Beine werden geknickt. Folglich handelte es sich nicht um einen vorgetäuschten Selbstmord.

Wenn jedoch der Bruch des Astes viel jüngeren Datums wäre? Dann wären wir wieder am Ausgangspunkt. Leider sind die Aufnahmen vom Auffinden der Leiche verlorengegangen, und es ist nicht möglich, einen Abgleich anzustellen.

Zum Teufel mit der Schlamperei, so etwas Ärgerliches!

Da ich nun einmal auf den Beinen bin, umrunde ich den ganzen Baumstamm, den Blick aufmerksam auf den Erdboden gerichtet.

Nirgendwo wachsen Kräuter, und von Ysop nicht die Spur.

Nur Gras und ein paar Wiesenblumen.

Ich suche auch den Rest der Lichtung ab.

Vielleicht wuchs das Kraut damals in dieser Gegend und ist heute ausgestorben?

Oder es gab hier nie Ysop, und der Erhängte hat es von zu Hause mitgebracht?

All das ergibt überhaupt keinen Sinn. Würden nur die verdammten Fotos wieder auftauchen!

Es ist warm, meine Energie ist aufgebraucht. Obendrein ist es an der Zeit, den Rückweg anzutreten. Bald schon wird die Sonne mit der Wucht eines Schmiedehammers niederprallen, und ich habe noch eine ordentliche Strecke auf dem Fahrrad vor mir. Ich rufe Doris und Lessing mit einem Schafshirtenpfiff zurück, und gemeinsam gehen wir Richtung Walddickicht.

O Gott!

Beinahe hätte ich den Grund meines Herkommens vergessen.

Ich nehme die Papiertüte vom Gepäckträger und hole die Käfigfalle heraus.

Die Maus lebt und zittert noch immer. Die Kekse hingegen sind verschwunden; der Schreck hat ihr ganz offensichtlich den Appetit nicht verderben können.

Behutsam setze ich die Falle auf der Erde nieder und schiebe das Türchen nach oben. Das Ungeheuer bleibt reglos an der Rückwand sitzen und will nichts vom Gang in die Freiheit wissen. Ich nehme einen Zweig, steche und stupse durch das Gitter hindurch an ihr Hinterteil. Da schießt das Mäuschen wie eine Rakete aus dem Käfig. Ich sehe zu, wie es durchs Gras davonläuft, verliere es aber schnell aus den Augen.

Wer weiß, ob das Tierchen es schaffen wird. Ans Stadtleben inmitten von Gassen und Abwasserkanälen gewöhnt, wird es jetzt schlagartig in ein unbekanntes Terrain voller Gefahren katapultiert. Wird es imstande sein, Nahrung zu finden, sich vor den jagenden Tieren in Sicherheit zu bringen, sich einen Unterschlupf zu suchen?

Das soll nicht meine Sorge sein. Ich hoffe nur, dass es am Ende nicht wie bei manchen Hunden oder Katzen geschieht, die Kilometer um Kilometer zurücklegen, um ins Haus ihres Herrn zurückzukehren.

Eine plötzliche Anwandlung von Dankbarkeit für das Tier überkommt mich; es hat mich gezwungen, mich meinen Ängsten zu stellen. Es waren irrationale Ängste, ja, aber auch sehr kindische und dumme. Genau wie die vor Würmern oder Eidechsen.

Oder vor Spinnen.

Vielleicht sollte ich Michele noch eine zweite Chance geben.

Der Himmel überzieht sich mit einer schneeweißen Wolkenschicht, die aussieht wie Zuckerwatte. Ich strecke einen Arm nach oben, und es ist, als würde ich sie berühren, ein Stückchen herauszupfen, davon kosten, mich an der zarten Süße berauschen. Hätte ich Flügel, würde ich abheben, aufsteigen und durch sie hindurchfliegen, um dann in einer irrealen Welt zu landen, die aus weißer und gräulicher Masse besteht, sich windet und verformt. Mein staunender Blick in die Tiefe fiele auf sturmgepeitschte Meere, felsige Eilande, galoppierende Pferde, Bäume und Blumen. Ich würde versuchen, sie zu packen, einzufangen, aber meine Finger würden ins Nichts greifen.

Rauch. Nichts als Rauch.

Staub von Staub.

Vanitas vanitatum.

Die antreibende Kraft des Himmels ist mächtig. So wird der Edle stark und unermüdlich. Der bedeckte Drache. Nicht handeln. Drache, der auf dem Feld erscheint. Glücksbringend ist es, den großen Mann zu sehen. Der Edle ist schöpferisch tätig über den ganzen Tag. Noch am Abend ist er sorgenvollen Gedanken hingegeben. Unstetes Aufbegehren gegen das Oben über dem Abgrund. Hochmütiger Drache, er wird zu bereuen haben.

Mose rief alle Ältesten Israels zusammen und sagte zu ihnen: Holt Schafe oder Ziegen für eure Sippenverbände herbei und schlachtet das Paschalamm! Dann nehmt einen Ysopzweig, taucht ihn in die Schüssel mit Blut und streicht etwas von dem Blut in der Schüssel auf den Türsturz und auf die beiden Türpfosten! Bis zum Morgen darf niemand von euch das Haus verlassen. Der Herr geht umher, um die Ägypter mit Unheil zu schlagen. Wenn er das Blut am Türsturz und an den beiden Türpfosten sieht, wird er an der Tür vorübergehen und dem Vernichter nicht erlauben, in eure Häuser einzudringen und euch zu schlagen.

Da haben wir's. Mein Gedächtnis hat mich nicht im Stich gelassen. Das Alte Testament spricht klar und deutlich. Nach dem *Buch Exodus* hatte Gott dem auserwählten Volk befohlen, mit Lämmerblut die

Türen seiner Häuser zu bestreichen und sich dafür eines Ysopbüschels als Pinsel zu bedienen. Wenn der Todesengel dann den roten Strich erblickt, geht er vorüber, und die Juden werden vor der zehnten Plage, die der Herr den Ägyptern vorbehalten hat, verschont, nämlich der Ausrottung der männlichen Erstgeborenen.

Ich lege die Bibel beiseite und blättere in einer alten Abhandlung über Botanik, die der Professor zwischen den Bücherstapeln auf dem Verkaufstisch stehen hat. Schauen wir mal … Ysop … Sonnenkraut, von Zeus und dem Mond regiert. Die Etymologie des Wortes geht zurück auf das griechische *hyssopos*, was so viel bedeutet wie »pfeilähnlich«, aber auch auf das hebräische Wort *esob*, also »heiliges Kraut«. Die Juden nutzten es in der Tat bei Reinigungsritualen, aber auch zum Weihen und Segnen von Gegenständen und Orten.

»Entsündige mich mit Ysop, und ich werde rein«, heißt es im *Buch der Psalmen*.

Der Herr sprach zu Mose: Das ist das Gesetz für den Aussätzigen, für den Tag, da er für rein erklärt wird. Man soll ihn zum Priester führen, und der Priester soll vor das Lager kommen, ihm entgegengehend. Stellt er nach der Untersuchung fest, dass der Aussätzige von seinem Aussatz geheilt ist, soll er anordnen, dass man für den, der sich der Reinigung unterzieht, zwei lebende reine Vögel, Zedernholz, Karmesin und Ysop nimmt. Dann soll er anordnen, den einen Vogel über einem Tongefäß mit Quellwasser zu schlachten. Den lebenden Vogel, das Zedernholz, das Karmesin und den Ysop soll er nehmen und alles, auch den lebenden Vogel, in das Blut des über dem Quellwasser geschlachteten Vogels tauchen. Nun soll er den, der sich der Reinigung vom Aussatz unterzieht, siebenmal besprengen und, nachdem er ihn für rein erklärt hat, den lebenden Vogel ins freie Feld fliegen lassen.

So steht es im *Buch Levitikus.*

Laut der Botanikabhandlung wuschen sich die Israelinnen, die einen Ehemann suchten, mit Wasser, in das zuvor Ysopblüten gestreut wurden. Und wenn sie den bösen Blick vertreiben wollten, hängten sie im ganzen Haus Zweige des Krauts auf, mit denen sie auch Talismane herstellten: Sie füllten damit ein Säckchen aus azurblauem Stoff und gaben noch Orangenblüten, getrocknete Nelken und Orangenschale dazu.

Auch die Römer verwendeten das Kraut, um sich vor ansteckenden Krankheiten zu schützen. Dieser Brauch wurde noch im Mittelalter beibehalten, als man den Ysop zusammen mit Rosmarin und Thymian auf dem Fußboden ausstreute, um besonders tückische Krankheiten abzuwehren.

Wenn ich gründlich überlege, gibt es in der Heiligen Schrift noch einen weiteren aussagekräftigen Passus, in dem Ysop erwähnt ist. Erneut nehme ich die Bibel zur Hand und lasse die Seiten durch die Finger gleiten, bis ich beim Neuen Testament angelangt bin.

Tatsächlich. Im *Johannesevangelium* findet sich das Gesuchte:

Danach, als Jesus wusste, dass nun alles vollbracht war, sagte er, damit sich die Schrift erfüllte: Mich dürstet. Ein Gefäß mit Essig stand da. Sie steckten einen Schwamm mit Essig auf einen Ysopzweig und hielten ihn an seinen Mund. Als Jesus von dem Essig genommen hatte, sprach er: Es ist vollbracht! Und er neigte das Haupt und gab seinen Geist auf.

Der Ysopzweig ist also ein Werkzeug, mit dem ein letzter Akt von Pietät gegenüber dem gekreuzigten Christus im Todeskampf vollbracht wird, denn der Essig besaß für die Menschen im Altertum unverhoffte balsamische Wirkung.

Eben, das ist der Ysop: eine Pflanze, die, purifiziert, den bösen Blick vertreibt und Epidemien fernhält, ein Mittel gegen das Böse. Laut der Abhandlung über Botanik bediente sich das Tribunal der heiligen Inquisition seiner nicht ohne Grund und erarbeitete ein Rezept, um von vermeintlichen Hexen ein Geständnis zu erpressen. Der Inquisitor nahm fünfzig Gramm Koriander, fünfundvierzig Pfefferminz, fünf Kantharidin, hundert Macisblüte, hundert Melisse und fünfundvierzig Ysop, zerstampfte das Ganze in einem Mörser, fügte Öl hinzu und vermischte es gut. Waren dann mit diesem Gemisch drei Kreuze unter dem Bett der Angeklagten gezogen, zwang er die Frau, sich auf die Matratze zu legen, und gab erst dann das Zeichen, mit dem Verhör zu beginnen. Die Hexe würde umgehend jede Schuld zugeben, so als hätte man ihr das Wahrheitsserum verabreicht.

Ysop ist sehr viel mehr als ein Gewürz und eine Heilpflanze. Wenn ich anfangs meine Zweifel hatte, bin ich jetzt geradezu sicher, dass das Zweiglein hinter dem Ohr des Erhängten als Symbol aufgefasst werden muss. Und wenn ich recht habe, war der Mann nicht allein, jemand muss ihm beigestanden haben, und durch die Verwendung des Ysopzweigs beabsichtigte dieser Jemand, das Ableben mit einem Reinigungsritual zu begehen. Oder er hat ihn eigenhändig umgebracht und wollte mit dieser Geste das Böse austreiben, damit sich dessen Spuren auf immer verlören.

Ich muss sofort mit Michele reden. Wir müssen die Theorie weiterverfolgen, dass es einen Begleiter oder aber Mörder gegeben hat. Die Ermittler haben Mord ausgeschlossen, das stimmt. Aber … Wir müssen einfach mehr aus dem Obergefreiten herauskriegen, ihn zwingen, sich zu erinnern, es ist nötig, dass …

»Signorina Matilde! Was ist denn los?«

Das Herz schlägt mir bis zum Hals, und vor lauter Schreck rutscht mir das schwere Botanikbuch aus den Händen, ich kriege es gerade noch zu fassen. Ich hatte die Gegenwart um mich herum völlig vergessen, nicht einmal das Freudenwinseln der Hunde wahrgenommen, mit dem sie auf den eintretenden Sergio Paolini zustürmten.

»Pro-Pro-Professore … Sie sind es«, stottere ich aufgeregt.

»Potzblitz! Sicher bin ich das! Es war nicht meine Absicht, Sie in Angst und Schrecken zu versetzen, meine Liebe. Ich habe mindestens viermal Ihren Namen gerufen.«

»Ich habe Sie nicht gehört, tut mir leid. Warum haben Sie so lang gebraucht? Ich habe Sie früher zurückerwartet«

»O je, die Warterei in den Amtsstuben! Man weiß, wann man sie betritt, nicht aber, ob man jemals wieder herauskommt. Gott schütze uns vor der Bürokratie und ihren Hohepriestern, das ist eine schwer auszurottende Rasse. – Gibt es Neuigkeiten?«

»Keine. Einige Kunden, aber nichts Außergewöhnliches. Alles wie gehabt.«

»Sehr gut«, verkündet er und fingert an seinem Krawattenknoten. Ich weiß nicht, wie er es schafft, trotz der Affenhitze immer wie aus dem Ei gepellt auszusehen. Ich habe ihn noch nie schwitzen sehen oder dass nur ein Haar nicht an seinem Platz wäre. Er hat die Körpertemperatur eines Reptils, während ich vor lauter Hitze schier zerfließe.

Ich stelle die botanische Abhandlung wieder zu den anderen Bänden und gehe zu dem länglichen Auslagentisch, um die Unordnung zu beseitigen, die die wenigen Kunden beim Durchforsten der Bücher angerichtet haben.

»Was haben Sie denn gerade gelesen, meine Liebe?«

»Oh, jene Abhandlung über Botanik, die neben dem Kompendium über die Säugetiere des Holozän im Veneto steht.«

»Ich wusste nicht, dass Sie sich für Pflanzenkunde interessieren.«

»Gewöhnlich nicht; es ist wegen eines Gefallens, den ich Michele erweise.«

»Michele?«, fragt er verwundert. »Sie werden mir doch nicht sagen wollen, dass diesem Hallodri von Neffen die Klassifizierung der Pflanzenspezies am Herzen liegt – diese Leidenschaft wäre, ehrlich gesagt, ein absolutes Novum bei ihm.«

»Nein, nein. Es handelt sich nicht um ein neues Hobby. Ich gehe ihm nur bei einem ungelösten Fall zur Hand, über den er einen Artikel für die Zeitung schreiben will.«

»Es ist diese Geschichte in der Macchia dei Frati, nicht wahr? Adelina und Filippo haben gestern Abend etwas angedeutet. Sie haben von eurem Besuch in ihrem Laden erzählt, der aber, wie es aussieht, nicht das gebracht hat, was ihr euch erhofft hattet.«

»Genau. Dafür liefert die Abhandlung hier einige Ansätze, um die Bedeutung des Ysopzweigleins an der Leiche des Erhängten zu erklären.«

»Im Ernst?«, entgegnet der Professor mit einer Spur Ironie. »Wie ich euch junge Leute um eure Begeisterung beneide, mit der ihr euch zu Paladinen der verlorenen Fälle aufschwingt.«

»Haben Sie ihn jemals zu Gesicht bekommen?«, frage ich forsch.

»Wen, den Toten? Warum sollte ich?«, reagiert er pikiert, als hätte ich ihn unter Anklage gestellt.

»Ich habe nur so gefragt ... Diese Gegend ist eine der meistfrequentierten von Orvieto: Es hätte ja sein können, dass er einmal hier vorbeigekommen ist, vielleicht sogar diesen Laden betreten hat ...«

»Meine Liebe, denken Sie nicht, wir hätten das damals umgehend den Carabinieri mitgeteilt? Ich weiß noch, dass damals die Stadt von Flugblättern mit dem Bild des toten Mannes übersät war. Wenn ihn jemand wiedererkannt hätte, dann hätte der sich doch gemeldet, oder nicht?«

»Mhm, sicher doch ... Aber ich bin dennoch überzeugt davon, dass man sich noch einmal in der Gegend umhören sollte. Die Ermittlungen wurden recht schlampig durchgeführt, und vieles ist aus den Archiven einfach verschwunden. Möglicherweise können heute einige Einzelheiten besser zugeordnet werden. Jemandem könnte auch ein Detail wieder in den Sinn kommen, das er damals für unwichtig hielt, und ...«

»Ich fürchte, dass eure Überheblichkeit euch gegen eine Wand rennen lässt, liebe Matilde«, entgegnet der Professor in einem überraschend scharfen Ton. »Glauben Sie und mein Neffe tatsächlich, dort einen Erfolg zu erzielen, wo die Ermittler versagt haben? Nach all den Jahren?«

»Ja, vielleicht haben Sie recht«, gebe ich klein bei. »Aber für Michele ist es wichtig, einen Versuch zu machen.«

»Aber warum bloß, um Himmels willen?«

»Weil es ihm riesige Vorteile bei seiner Arbeit einbringt. Bedenken Sie, welches Ansehen er in seinem beruflichen Umfeld mit einem Mal genießen würde, wenn es hieße: Michele Paolini, ein unbekannter Journalist aus der tiefsten Provinz, deckt ein Geheimnis auf, das als unlösbar galt, und alle ...«

»Ehrgeiz!«, schreit der Professor zornig. »Das ist es, was euch umtreibt! Ah, der Hochmut, die schlimmste unter den sieben Todsünden!«

»Aber ... aber ... Dahinter steckt kein Hochmut ... Was soll daran schlecht sein, die Wahrheit anzustreben?«

»Blut meines Blutes und so karrierebesessen«, sagt der Professor bitter und schüttelt den Kopf. »Wer hätte das je gedacht? Mein armer Bruder, wenn er das wüsste ...«

»Aber nein doch, welche Karrieregier? Michele möchte doch nur, dass seine Artikel eine große Leserschaft erreichen, nicht nur einen kleinen Kreis. Das ist doch normal, das ist doch verständlich ...«

»Ich sehe, mein Neffe hat eine hervorragende Pflichtverteidigerin gefunden«, lästert der Professor voll Sarkasmus. »Ich staune, mit welcher Vehemenz Sie Partei für ihn ergreifen, Fräulein Ferraris.«

Mein Gesicht überzieht sich mit flammender Röte. Bevor der Professor mich darauf hingewiesen hat, war es mir gar nicht aufgefallen, aber es stimmt: Ich verteidige Michele mit viel zu großem Eifer, so als würde mir viel an ihm liegen, als wäre mir sein Schicksal eine Herzensangelegenheit, als ...

»Ich bleibe der Ansicht, dass es zu nichts Gutem führt, in längst begrabenen und vergessenen Geschichten herumzuwühlen«, betont der Professor noch einmal. »Und damit erkläre ich die Diskussion für beendet.«

Er zieht eine Schublade an der Verkaufstheke auf, entnimmt ihr eine Lupe und widmet sich stehend der Untersuchung einiger Bände, deren Begutachtung er noch abschließen muss.

Aber wieso denkt er so? Ich begreife nichts mehr. Und dann mir gegenüber! Wo ist nur der zuvorkommende Gentleman voller Ehrerbietung abgeblieben, mit dem ich bis heute früh diesen friedlichen Ort geteilt habe?

Zutiefst verstört mache ich mich wieder daran, die Bücher auf dem Auslagentisch zu ordnen. Aus dem Augenwinkel jedoch nehme ich eine seltsame Bewegung wahr. Ich recke den Hals, um nachzusehen: Lessing kommt rückwärts auf mich zu und schleift einen Stofffetzen mit sich.

Der Stoff kommt mir bekannt vor. Auf leisen Sohlen gehe ich in den Raum, den Lessing gerade verlassen hat, und mache eine schreckliche Entdeckung. Der freche Hund hat ein Stück Saum, das vom Hosenbein des Professors herabhing, zwischen die Zähne genommen und daran ziehend erfolgreich abgerissen.

Mir wird heiß und kalt. Ich hebe Lessing hoch und bugsiere ihn zur Strafe unter das übliche Regal. Dann nehme ich den Stofffetzen und lasse ihn verschwinden.

Eine Viertelstunde später nimmt Sergio Paolini – er ist ebenfalls deutlich verstört – seine Siebensachen und geht zum Garderobenständer neben dem Eingang.

»Ich grüße Sie, Matilde«, brummt er und drückt sich seinen weißen Panamahut auf den Kopf.

Dann geht er, und ein blauer Socken blitzt unter dem deutlich kürzeren Hosenbein hervor.

Jugendliche Dummheit ist erfolgsgekrönt. Nicht ich suche den jugendlichen Dummkopf, der jugendliche Dummkopf sucht mich. Das erste Mal befragt, gebe ich Antwort. Wenn er zwei-, dreimal fragt, dann ist das lästig. Fällt er mir lästig, gebe ich keine Antwort. Ein Mädchen, das einen Bronzemann sieht und sich nicht länger in der Gewalt hat, die darfst du nicht nehmen. Nichts ist förderlich.

QUOD NATURA MUNIMENTO INVIDERAT INDUSTRIA ADIECIT

Das ist keine der aufgesprühten Mauerschriften, für die ich ein so großes Faible habe. Der Satz steht in Stein gemeißelt über dem Zugang zum Brunnen von San Patrizio und bedeutet so viel wie: Wo die Natur stiefmütterlich und knausrig ist, da hilft die menschliche Erfindungsgabe.

Wenngleich der Brunnen aus dem Jahr 1527 stammt, hat er doch ein entschieden futuristisches Design: Seine Treppe ist doppelspiralförmig gebaut und stellt exakt die Molekularstruktur der DNA dar, die aber gut vier Jahrhunderte später erst entdeckt wurde. Papst Klemens VII. hatte in Orvieto Zuflucht gefunden, als die Landsknechte in Rom einfielen. Der oberste Hirte war besessen von der Vorstellung, eines Tages ohne Wasserversorgung dazustehen, und beauftragte den Architekten Antonio da Sangallo den Jüngeren mit dem Ausheben eines Brunnens, der die Festung von Albornoz versorgen sollte und im Falle einer feindlichen Invasion einen guten Wasservorrat garantierte.

Michele hat darauf gedrängt, dass wir in der Mittagspause hierher kämen. Ich muss ihm recht geben: Es ist ein magischer Ort, und obendrein – was nicht zu vernachlässigen ist – bietet er Schutz vor der feuchten Schwüle dieses schrecklichen Sommers. Der Brunnen führt zylinderförmig über sechzig Meter in die Tiefe und besteht bis zur Hälfte aus Tuffstein, der Rest ist Ziegelmauerwerk.

Die Hunde gedeihen prächtig, Lessing ist pummeliger als seine Schwester, die wie ein Vögelchen frisst. Deshalb kommt er in den Rucksack von Michele, den dieser vor der Brust trägt, während ich Doris im üblichen Beutel, der für beide Hunde schon zu klein geworden ist, mit mir herumschleppe.

Michele geht mir auf der Rundtreppe voraus. Zweihundertachtundvierzig recht flache und bequeme Stufen, über die früher Maultiere geduldig die Wasserschläuche transportierten. Wir sind in Begleitung einer Gruppe japanischer Touristen, die allesamt mit Videokameras bewaffnet sind und, hingerissen von dem Spektakel, unablässig schwatzen. Beim Hinabsteigen lehnen wir uns der Reihe nach aus den siebzig großen Fenstern, von denen man tief in den aus der Höhe beleuchteten Brunnen hinunterblicken und die kunstvolle Fassade der Brunneninnenwand bestaunen kann. Schon zu seiner Entstehungszeit galt der Brunnen als architektonisches Meisterwerk. Wer wie ich zum ersten Mal seinen Fuß hineinsetzt, weiß nicht, was ihn am Ende erwartet: Er schreitet ins Ungewisse, wie der Kelte Patrizio, der Namengeber dieses Brunnens. Der Legende nach soll Christus ihm, dem heiligen Patrizius, auf der kleinen irischen Insel Lough Derg eine Höhle gezeigt haben, die tief in die Erde hinunterführt. Auf dem Grund der Höhle sollen sich die Pforten zum Fegefeuer befinden, wo die Sünder ihre Seele im Gebet reinigen, um göttliche Vergebung zu erlangen.

Im Gegensatz zur irischen Höhle führt der Abstieg in den Orvieto-Brunnen nicht in den Tod. Ganz unten werden wir von einem Rauschen und Plätschern erwartet.

Es ist das Geräusch des Lebens. Es ist Wasser.

Die Japaner brechen in begeisterten Applaus aus, den Doris und Lessing kläffend begleiten. Aufgeregt ergreife ich die Hand, die Michele mir entgegenstreckt, und steige auf den Holzsteg, der über ein aus der Quelle gespeistes kleines Becken zur gegenüberliegenden Brunnenwand führt. Dort gelangen wir zu der Treppenspirale, die wieder nach oben führt. Weitere zweihundertachtundvierzig Stufen, die diesmal aufs Tageslicht zusteuern. So bequem sie auch zu gehen sind, schon der Gedanke an die Anstrengung, die der Anstieg mit sich bringt, und dazu das Wissen um die schwüle Hitze, die uns draußen erwartet, verdüstern meine Stimmung.

»Wie sagt doch der Dichter so schön: Für jeden Abstieg gibt es einen Aufstieg«, grinst Michele.

»Welcher Dichter denn?«, frage ich neugierig.

»Was weiß ich?«, erwidert er achselzuckend. »Meinst du etwa, dass es keinen Dichter gibt, der diesen Spruch gesagt hat?«

»Aha, du machst hier einen auf Scherzkeks!«, sage ich und tätschle ihm die Wange.

Michele lacht ebenfalls, glücklich darüber, mich zum Lachen gebracht zu haben. Es scheint, als hätte er auf nichts anderes gewartet.

»Weißt du, vor einigen Jahren ist hier eine irre Geschichte passiert«, sagt er unvermittelt, während wir zusammen mit den gackernden Japanern weiter hinaufsteigen.

»Eine Schulklasse aus einem kleinen Ort in Norditalien war in Begleitung zweier Lehrer und eines Hausmeisters gekommen. Der Hausmeister aber war ein Monstrum: Er war so fett wie … ich weiß nicht wer sonst, er wird Kleidergröße 68 gehabt haben. Mit Mühe und Not bewältigte er den Abstieg und brauchte pro Stufe gut zehn Minuten. Als sie dann an der Brücke angelangt waren, hat er sich, um wieder zu Kräften zu kommen, in eine Ecke gepflanzt und erst einmal ein dick belegtes Brot verspeist, das er von zu Hause mitgebracht hatte …«

Michele holt Atem und setzt dann in ernsthaftem Ton seine Schilderung fort.

»Jedenfalls, als die Vesperpause zu Ende war, begannen die Burschen und Mädchen mit dem Aufstieg, ihnen voran ging einer der Lehrer; der andere war die Nachhut, gefolgt vom keuchenden Hausmeister. Sie stiegen und kletterten, bis sie an eine etwas schmalere Passage gerieten und …«

»Und …«

»Und der Hausmeister blieb dort stecken.«

»Nein!«

»Aber ja doch. Er klemmte fest und tat keinen Schritt mehr aufwärts noch abwärts. Die Schüler haben ihn an den Armen gepackt und an ihm gezerrt, während der Lehrer, der in seiner Nähe war, ihn von hinten drückte. Da war nichts zu machen. Am Ende ist der Wärter gekommen und hat ihm einen Kanister Motoröl übergegossen, und dann flutschte er mithilfe der ziehenden und schiebenden Arme wie eine nasse Seife hindurch.«

»Aber was sagst du da?«, sage ich ungläubig.

»Nun, du kannst den Aufseher fragen, wenn du willst. Wir werden ihn am Ausgang antreffen.«

Michele dreht sich zu mir um und fixiert mich. Ein Lächeln blitzt in seinen Augen. »Es ist nicht wahr … Ich habe nur Quatsch gemacht … und du bist drauf reingefallen.«

»Du bist wirklich ein Blödian! Und ich noch mehr, weil ich dir das abgekauft habe …«

Wir lachen wie die Kinder, unsere Komplizenschaft wächst von Tag zu Tag, besonders seit ich am eigenen Leib erfahren habe, was ein Anfall von Panik und irrationale Ängste bedeuten. Ich betrachte ihn nicht mehr als Schwachkopf ohne Standvermögen, sondern sehe ihn mit ganz anderen Augen.

Als wir oben angelangt sind, stecken die Japaner wie ferngesteuert die Hände in ihre Jackentaschen, ziehen Geldbörsen heraus und werfen alle miteinander Münzen in den Brunnen. Sie sind sich sicher, dass diese Geste sie früher oder später nach Orvieto zurückbringen wird.

Durch das Portal auf der gegenüberliegenden Seite gelangen wir wieder ins Freie. Die Hitze ist gnadenlos. Wir lassen die Hunde frei und suchen Zuflucht unter den schattenspendenden Laubdächern der Bäume auf der Wiese hinter dem Brunnen. Wir legen uns rücklings ins Gras, Doris und Lessing kuscheln sich zwischen uns, ihr Fell scheint zu dampfen. Ich ziehe sofort die Sandalen aus, um meine heißgelaufenen Füße zu kühlen. Ein Fremdenführer, der einen roten Regenschirm als Erkennungszeichen in die Höhe hält, geht vorüber, die Japaner im Schlepptau. Bald sind wir allein, umgeben von den Bäumen und dem durchdringenden Zirpen der Zikaden.

»Unglaublich, dieser Ort«, sage ich mit seufzender Stimme, um das Schweigen zu brechen. Es hat mindestens fünfunddreißig Grad Celsius im Schatten. Das grelle Licht der erbarmungslosen Sonne dringt durch die Schichten der in Wellen wabernden warmen Luft.

»Ja«, erwidert Michele zustimmend und dreht sich, den Kopf in die Hand gestützt, zu mir auf eine Seite. »Du hast noch viel zu entdecken. Die ganze unterirdische Stadt ist noch zu besichtigen, ein wirklich authentisches Spektakel. Wenn dich schon der Brunnen so fasziniert, dann wird dir der Underground von Orvieto die Sprache verschlagen.«

»Wir könnten an einem der nächsten Tage hingehen.«

»Ja, aber … daraus wird wohl erst nach der Sommerpause etwas. Ich reise nämlich übermorgen ab und komme erst Mitte September zurück.«

»Ach«, lautet mein knapper Kommentar. Ich lasse mir meine Überraschung nicht anmerken. »Und was wird aus der Story über den Erhängten?«

»Ach die … Was weiß ich. Ich bin tatsächlich am Überlegen, sie aufzugeben. Seien wir doch mal ehrlich: Wir haben uns derart viel dazugereimt, ohne einen echten Beweis gefunden zu haben. Es tut mir leid, dass mein Onkel dich gestern so angegriffen hat. Aber … vielleicht hat er recht: Wir sind anmaßend, wenn wir glauben, tüchtiger als die Carabinieri zu sein. Wir glauben, nach zehn Jahren etwas aufklären zu können, an dem erfahrene Ermittler gescheitert sind. Und überhaupt, die Sache mit dem Mord hält nicht stand.«

Die Enttäuschung steht mir ins Gesicht geschrieben.

»Entschuldige mal, aber all das, was ich dir über den Ysop erzählt habe, soll nichts bedeuten? Das könnte doch ein Ansatz sein, um eine neue Spur zu verfolgen. Was weiß ich, satanische Sekten, esoterische, spiritistische Cliquen …«

»Was du nicht sagst! Matilde, im Ernst: Aus welchem Grund sollte der Mann denn kein simpler Selbstmörder gewesen sein?«

»Nun, weil … weil …«

Vielleicht weil es mir leid täte, wenn es so wäre. Selbstmord ist etwas absolut Trauriges. Ein Mord dagegen fordert mich heraus und hält mein Gehirn auf Trab. Doch das will ich Michele so nicht erklären.

»Du kannst aber nicht leugnen, dass an der Sache etwas seltsam ist!« Ich lasse nicht locker. »Der Blütenstaub im Oktober, der Ysop, der dort nicht wächst, der dünne, viel zu niedrige Ast …«

»Wir haben es mit einem Toten zu tun, der den Erstickungstod durch den Strick gestorben ist und keinerlei Zeichen äußerer Gewalteinwirkung aufweist. Braucht es da noch mehr?«

Das ist wie ein Peitschenhieb ins Gesicht. Stumm streichle ich das Köpfchen von Doris, das sie auf meinem Bein abgelegt hat.

»Du willst nicht einmal abwarten, bis du den Obergefreiten gehört hast?«, mache ich einen letzten, zaghaften Versuch.

»Zwecklos. Als ich neulich zur Kaserne ging, um mit ihm zu reden, war er bei einem Außeneinsatz. Gestern war ich noch einmal dort, und da hieß es, er habe sich ein paar Monate beurlauben lassen, um seine kranke Frau in eine Klinik nach Mailand zu begleiten. Ich kenne die beiden flüchtig, und das tut mir leid für sie, ich hoffe, dass es nichts Schlimmes ist. Ich habe ihm eine Nachricht hinterlassen mit der Bitte, sich nach seiner Rückkehr doch bei mir zu melden, aber das ist ja eigentlich nicht mehr notwendig.«

»Also gibst du auf«, hauche ich. »Dann bleibt mir auch nichts anderes übrig.« Ich wechsle das Thema: »Und wo verbringst du denn den ganzen Sommer?«

»In Straßburg.« Dann macht er eine Pause, legt sich wieder auf den Rücken, die Arme hinterm Kopf verschränkt, als wollte er meinen Blick nicht kreuzen, und sagt: »Mit meiner Verlobten. Sie arbeitet als Dolmetscherin im Europaparlament. Ich werde bei ihr wohnen, und sobald sie auch Ferien hat, machen wir eine Rundreise durch Frankreich, vielleicht auch einen Abstecher nach Deutschland.«

Diese Neuigkeit sollte mich eigentlich erschüttern, so gut, wie wir uns mittlerweile verstehen. Aber in Wirklichkeit bin ich erleichtert. Ich habe immer alles darangesetzt, mich nicht zu verlieben. Ich habe alle Beziehungen sofort beendet, sobald daraus etwas Festeres zu werden drohte; ich will von niemandem abhängig sein, und ich will auch nicht, dass jemand von mir abhängig wird.

Außerdem hasse ich es, über jede kleinste Entscheidung vor jemandem Rechenschaft ablegen zu müssen, zum Beispiel, wann ich ausgehe, esse, schlafe oder wenn ich die Einrichtung verändern oder heute keine Gäste empfangen will; ich muss einfach frei sein und in meiner Wohnung bestimmen, mich einen Monat lang nicht waschen oder im Chaos ertrinken dürfen.

Vor allem will ich nicht, dass die mit Lust gelebte Leidenschaft – der Eros! – von der Gewohnheit, der Langeweile des Alltags erdrückt wird.

Ich will nicht gezwungen sein, mit einem Mann zusammenzuleben, nur weil uns wirtschaftliche oder familiäre Interessen verbinden. Oder schlimmer noch: Kinder!

Ich will frei sein.

»Und du?«, fragt Michele und zieht den Rucksackgurt aus der zerstörerischen Schnauze von Lessing. »Wie sehen deine Pläne für den Sommer aus?«

»Gar nicht sehen die aus. Ich werde bis Anfang August arbeiten und mir dann in aller Ruhe Orvieto zu Gemüte führen, bis die Buchhandlung wieder öffnet.«

»Und womöglich verbringst du die Nächte damit, dich mit einer neunschwänzigen Katze zu peinigen… Warum nur verdammst du dich zur Einsamkeit? Hast du keine Freunde, die du besuchen kannst? Oder Verwandte?«

»Ich habe keine Freunde«, erwidere ich barsch. »Und für meine Familie bin ich seit geraumer Zeit schon tot und vergessen.«

»Aber was sagst du da? Man kann eine Tochter nicht vergessen!«

»Ich bin keine Tochter«, brause ich wütend auf. »Ich bin das Ergebnis einer unbedachten Handlung. Keiner hat sich nach mir gesehnt, keiner hat mich gewollt. Ich war der Sündenbock für den Frust meiner Eltern, die viel zu jung und unreif waren, um sich mit einem Kind zu belasten. Sie sahen in mir den Eindringling, der sich mit Gewalt Aufmerksamkeit verschafft und sie in allen ihren Bestrebungen nur beschränkt hat. Bei meiner Schwester war es anders: Sie war ein Wunschkind und ist ihr Ein und Alles. Sie hat das Glück gehabt, später und zum richtigen Zeitpunkt zu kommen; man muss einfach geschickt sein, um den richtigen Moment zu erwischen, sogar bei der Geburt. Ich dagegen … geschimpft und geschlagen … Sie haben es vorgezogen, mich meinem Schicksal zu überlassen. Mein Vater ist ein armer Teufel, unterwürfig und ohne Rückgrat. Die Grausame ist meine Mutter; sie hat sich nie bemüht, ihre Verachtung mir gegenüber zu verbergen. Ich entspreche einfach nicht ihren Vorstellungen, ihrer Art, sich in Gesellschaft zu bewegen, ihrem Ideal von Tochter. Ich war noch ein junges Mädchen, als sie mich aus dem Haus geworfen hat: ›Es ist an der Zeit, dass du lernst, allein zurechtzukommen. Du bist achtzehn Jahre alt, wir haben dir gegenüber keine Verpflichtungen mehr.‹ Solange ich lebe, werde ich das Geräusch nicht vergessen, mit dem die Tür meines Elternhauses hinter mir ins Schloss fiel und für mich nie wieder aufging.«

Wie ein unter Verschluss gehaltener Vulkan, der urplötzlich ausbricht und glühende Lavaströme spuckt, so fühle ich mich, während ich diesem jahrelangen angstbesetzten Schweigen ein Ende mache. Etwas in meinem Innern begehrt auf und schreit, dass jetzt der Moment gekommen sei, es zu wagen, sich jemandem anzuvertrauen.

Michele wird zum Adressaten meiner lang unterdrückten Qualen. Er heftet seine schmerzerfüllten Augen in die meinen. Dann öffnet er die Lippen, um etwas zu sagen, aber es kommen nur heisere, kratzige Worte heraus.

»Ich habe meine Mutter nie kennengelernt. Sie ist bei meiner Geburt gestorben.«

»Gut für dich.«

»Gigliola, wenn du da bist, ruf an!«

»Und zieh dich warm an! Hast du das Wollunterhemd dabei?«

Filippo und Adelina stehen vor ihrem Laden und schreien wie gefesselte Raubvögel hinter dem Mädchen her, das rasch davongeht, ohne ihnen auch nur die geringste Beachtung zu schenken.

»Fährt sie in die Berge?«, frage ich, als Michele und ich bei ihnen angelangt sind; wir hatten bei Alfredo noch einen Kaffee getrunken, und Michele wollte mich dann zur Buchhandlung begleiten.

»Ach wo«, erwidert Filippo, »sie verbringt ein paar Tage bei einer Freundin in Montegabbione.«

»Aber das ist ja nur vierzig Kilometer von hier entfernt«, sagt Michele ungläubig, »wozu braucht sie da ein Wollunterhemd?«

»Vorsicht ist immer besser«, meint Adelina. »Die Temperaturstürze können fatale Folgen haben.«

»Was für Temperaturstürze, Adelina?«, melde ich mich jetzt belustigt zu Wort. »Wir haben bald vierzig Grad Celsius!«

Adelina zuckt die Achseln, ohne sich um meine Bemerkung zu scheren, und geht, gefolgt von ihrem Ehemann, auf die Ladentür zu. Ich bin im Begriff, ihnen zu folgen, aber Michele ahnt, was ich vorhabe, und hält mich am Arm fest.

»Matilde, wart mal … Wir sagen jetzt nichts zu den Di Bruno von dem, was du über den Ysop gelesen hast. Sie sind schon seit so vielen Jahren in diesem Metier und wären vermutlich sauer.«

»Ist gut, mach dir keine Sorgen.«

Seine Feinfühligkeit geht mir nahe. Wir setzen unseren Weg Richtung Buchhandlung fort und halten vor dem Schaufenster inne.

»Also dann … gute Reise.«

»Danke.«

Wir starren uns für einige Sekunden an, unfähig, zu entscheiden, auf welche Weise wir uns verabschieden sollen. Zögernd und leicht verlegen nähern sich unsere Gesichter. In letzter Sekunde dreht Michele den Kopf zur Seite und bietet meinem Mund seine bärtige Wange dar.

»Also dann, ciao«, sagt er und geht lächelnd davon.

»Ciao …«

Ich schaue ihm nach, wie er pfeifend Richtung Corso schlendert. Ein wenig wird er mir fehlen, aber der Sommer vergeht schnell. Ich rufe die Hunde zurück, die ihm nachgelaufen sind, und betrete die Buchhandlung.

Als der Professor mich auf der Türschwelle sieht, springt er auf, bückt sich dann sogleich, um etwas unter dem Ladentisch hervorzuholen, während Doris und Lessing freudig auf ihn zulaufen. Als er wieder auftaucht, hält er einen riesigen Blumenstrauß in der Hand: weiße Tulpen, weiße Lilien, weiße Rosen, Margeriten, Schleierkraut … Er kommt mir entgegen und überreicht mir den Strauß mit einer leichten Verneigung.

»Können Sie jemals diesem alten Zornnickel verzeihen, verehrtes Fräulein?«

»Aber Professor …«, stammle ich freudig erregt. »Der ist ja wunderschön. Das wäre doch nicht nötig gewesen.«

Voller Dank gebe ich ihm einen Kuss auf die Wange. Dann gehe ich in die Abstellkammer, um eine Vase zu holen, und drapiere diesen strahlend weißen Triumph auf dem Ladentisch.

»Ich habe Weiß gewählt, weil es das Symbol der Reinheit ist«, unterstreicht Sergio Paolini galant. »Nichts würde besser zu Ihrer Schönheit, zu Ihrer Güte und Ihrer, ich bin so frei, zu Ihrer Vollkommenheit passen.«

»Professor, sie schmeicheln mir. Aber wenn das die Belohnung ist, die mich nach einem Streit mit Ihnen erwartet, dann werde ich künftig jeden Tag mit Ihnen streiten.«

»Oh, hören Sie auf, niemals! Mit Unstimmigkeiten ist jetzt Schluss. Meine Liebe, Ihre Feinfühligkeit könnte mir vielmehr aus einem nicht gerade geringfügigen Dilemma helfen. Sie könnten mir eine ausgezeichnete Beraterin sein …«

»Ich bin ganz Ohr.«

»Sehen Sie … da ist Giorgina …«

»Giorgina?«

»Giorgina hat sich in den Kopf gesetzt, eine Sammlung eigener Gedichte zu veröffentlichen. Nun, ihre Bemühungen als Gedichte zu bezeichnen ist bereits eine Beleidigung für die hohe Dichtkunst. Wissen Sie, es handelt sich um jene Versuche, von denen ich Ihnen vor einigen Tagen etwas angedeutet habe.«

»Ich erinnere mich bestens. Sie haben sie als … hm … leicht *dilettantisch* bezeichnet, *oder so ähnlich* …«

»Ich bitte Sie, seien Sie leise!«, fleht er mich an und schaut um sich. »Sie könnte uns doch hören!«

»Wieso?«, flüstere ich. »Ist Giorgina hier? Ist sie unten im kleinen Saal?«

»Nein, aber ihre magischen Kräfte könnten ihr ohne Weiteres unsere Stimmen zutragen und …«

»Professor!« Ein Schrei des Unmuts entfährt mir. »Glauben Sie immer noch diese Geschichte von den übernatürlichen Kräften? Dann, verzeihen Sie, könnte Giorgina Ihre wahre Einschätzung der Gedichte bereits aus Ihren Gedanken lesen.«

»Heilige Jungfrau Maria und Herrscherin über alle Völker! Das stimmt, da haben Sie recht!«

Der Professor sinkt auf einen Sessel nieder und rauft sich die Haare.

»Genug jetzt!«, flüstert er. »Womöglich war Giorgina abgelenkt und hat nichts wahrgenommen. Tun wir so, als wäre alles in Ordnung.«

Ich verdrehe die Augen gen Himmel. Es ist ein verlorener Kampf.

»Ist gut«, knurre ich. »Sagen Sie mir nun, welches Problem Sie haben.«

»Oho, Problem … Das ist vielleicht ein zu großes Wort«, verkündet er. »Sagen wir, ich kann mich nicht entschließen, was für meine liebe Giorgina besser wäre. Um die Veröffentlichung wird sie sich selbst kümmern, die hat sie bereits mit einer Druckerei abgesprochen. Nur«, er schluckt, »sie möchte eine offizielle Buchpräsentation machen. Hier.«

Er macht mir seltsame Zeichen, als wollte er sagen: »Du lieber Herrgott, was für eine Schande!«

»Nun, das leuchtet mir ein«, kommentiere ich erheitert. »Wo sonst sollte sie so eine Präsentation veranstalten?«

»Meinen Sie?«, seufzt der Professor.

»Ja, das meine ich. Und ich werde mich darum kümmern. Es wird eine glanzvolle Veranstaltung werden. Nur wäre es wohl besser, bis September damit zu warten. Jetzt ist keine gute Zeit, um Präsentationen abzuhalten. Wenn der Sommer vorbei ist, werden alle wieder vor Ort sein, und das Risiko, ob die Leute tatsächlich kommen, ist geringer. Sprechen Sie mit ihr, überzeugen Sie sie.«

»Einverstanden. Danke, liebe Matilde. Ohne Sie wäre ich verloren.«

»Gern geschehen, Professor. Das ist doch selbstverständlich.«

Ich kann's kaum erwarten, diese Gedichte zu lesen.

Die Läuterung ist bereits erfolgt, noch nicht jedoch die Opfergabe. Zuversichtlich erheben sie den Blick zu ihm. Wind bläst über die Erde: das Abbild der Besinnung. So pflegten die antiken Könige die Regionen der Welt zu besuchen, sie betrachteten das Volk und gewährten ihm ihre Lehre. Für den unbedeutenden Mann kein Fehl. Für den Adligen Schande. Die Kontemplation meines Lebens entscheidet über Fortschritt oder Rückzug.

Liebe Livia,

der Juni ist vorüber, der Juli ebenfalls, und ich habe das Gefühl, als wäre mir die Zeit zwischen den Fingern zerronnen.

Die Stadt hat sich geleert. Hie und da sehe ich noch jemanden, die sich durch die einsamen staubigen Gassen schleppt. Zäh und gleichförmig fließen die Stunden dahin, und die erdrückende Hitze hüllt meine kraftlosen und trägen Tage in Apathie. Ich vergrabe mich in meiner Wohnung, lese und hänge herum, ohne auf irgendetwas zu warten.

Es ist keine unangenehme Situation, zumindest nicht für mich, die ich ein einsamer Wolf bin, nur selten geneigt, mich meinen Artgenossen zu nähern und auf ihren Spuren zu wandeln.

Wie der Wolf ziehe ich mich tagsüber in den Bau zurück und verlasse erst nachts meine Deckung auf der Suche nach Individuen, die meinem Wesen so fremd, die so andersartig sind, dass ich die Einsamkeit immer mehr schätzen lerne; jene Einsamkeit, die mich nie erschreckt hat, ja vielmehr, der ich nacheile, wie ein Dürstender fieberhaft eine Quelle sucht.

Der Abend bringt eine gedämpfte, geheimnisvolle Atmosphäre. Leichter Dunstnebel liegt über den Straßen und Mauern und vermittelt eine fromme Illusion von Herbst, aber es ist nur die schwüle Luftfeuchtigkeit, die diese Wirkung erzeugt.

Während einer nächtlichen Wanderung durch die Gassen bin ich auf einen dunklen Ort gestoßen. Kein Hinweisschild zeigte an, was sich hinter der milchigen Glasscheibe des Eingangs befand, der schwach von einem trübweißen Licht erhellt war. Ich habe die Türklinke heruntergedrückt. Im Innern graue, schmutzige Wände, Neonlicht, wenige Tische und ein Dutzend älterer Gäste. Einige allein, andere um ein Kartenspiel versammelt.

Ich habe mich an einen freien Tisch gesetzt und beim Wirt einen Krug Wein, Brot, Schafskäse und Oliven bestellt. Ein dumpfes Gefühl der Benommenheit überkam mich in Riesenschritten. Wie der Erlösungsengel kam es herab, um mich von den grauenvollen Gespenstern, von einer herzzerreißenden, obsessiven Erinnerung an einen unschuldigen Jungen zu befreien, der viel zu früh aus dem Leben gerissen wurde.

Niemand wird uns jemals den Bruder ersetzen.

Den Bruder, der zur Welt kam, als Du in einem Alter warst, in dem Du selbst schon hättest Mutter sein können und in der Tat ihm auch eine Mutter gewesen bist. Ich war dabei, als Du ihn gleich nach seiner Geburt zum ersten Mal auf den Arm genommen und ihm ewige Liebe geschworen hast, und ich tat es Dir gleich. Gemeinsam haben wir die so oft abwesenden Eltern ersetzt. Und bald schon wurde er für Dich wie ein Sohn.

Dein Sohn.

Mein Neffe.

Ich saß also inmitten der einsamen Wölfe, der Wein tat seine Wirkung, und verschwommene Bilder drängten sich in mein Gedächtnis. Eine Schulbühne, auf der viele Kinder versammelt waren, um Gedichte vorzutragen; ein Fahrrad mit nur einem Reifen; zahlreiche Geschichten, erfunden für einen schwarzgelockten, wissbegierigen kleinen Jungen.

Dann auf einem Gehsteig eine Frau und ein junger Mann, die ein Kino verlassen: Sie bemerken das Auto nicht, das mit überhöhter Geschwindigkeit auf sie zurast und sie voll erwischt.

Der Mann wird von dem flüchtenden Wagen über den Asphalt geschleift, die Frau einige Meter weit weggeschleudert.

Er ist tot.

Sie ist unversehrt.

Ich habe überlebt und bin doch gestorben, zerquetscht von der unerträglichen Last einer grauenvollen Sünde, die da heißt: ich am Leben, er tot.

Es sei meine Schuld, hast Du geschrien. Wenn ich nicht so gedrängt hätte, jenen Film anzuschauen, wenn ich nicht beschlossen hätte, just an jenem Abend ins Kino zu gehen, wenn ich doch nur besser aufgepasst hätte …

Wenn, wenn, wenn …

Du hast mir nicht gestattet, mich ihm zu nähern, ihn gemeinsam mit Dir zu betrauern. Du hast mich so gehasst, wie ich es nie für möglich gehalten hätte. Du hast gefaucht, ich solle bloß verschwinden, für immer; und Du hast mich mit meinen schlimmsten Albträumen allein gelassen.

Werde ich es mir je verzeihen können, ihn nicht beschützt zu haben? Während ich am Leben bin, atme, trinke, esse, ist er gefangen in der eisigen Finsternis seines Grabes.

Wird dieser Schmerz je aufhören?

Warten vor den Stadttoren. Zuträglich ist es, im Dauerhaften zu verharren. Abwarten im Schmutz, ruft das Eintreffen des Feindes hervor. Trinkend und essend abwarten. Ausdauer fördert die Gesundheit. Im Blut abwarten. Raus aus diesem Loch! Man endet im Loch. Und da kommen sie ja, die drei ungeladenen Gäste. Erweise Ihnen Ehre, und am Ende kommt Gesundheit.

Das Beste am Sommer ist, dass er vorübergeht.

Der Herbst hat begonnen und uns eine angenehme Frische beschert, laue Tage und erfrischende Abende.

Die Leute sind aus den Ferien zurück, und in der Stadt sind die üblichen Touristen unterwegs.

Auch Michele ist wieder da und hat mir etwas mitgebracht: Jules Vernes *Reise um die Erde in 80 Tagen* in einer illustrierten Ausgabe, die Ende des 19. Jahrhunderts erschienen ist und die er in Paris unter den Schätzen eines Straßenhändlers am Seineufer ausgegraben hat.

Liebend gerne würde ich Bücher am Ufer eines Flusses verkaufen. Wer weiß, ob ich früher oder später nicht doch wieder alles hinwerfe, um nach Paris zu gehen und an der Seine ein grün gestrichenes Büdchen, vollgestopft mit verblassten Bänden, alten Sammlerdrucken und Miniatur-Eiffeltürmen, zu betreiben. Sicher sind die Zeiten des Existenzialismus und der Nouvelle Vague vorbei, und ich würde auch nicht mehr Jean-Paul Sartre oder Simone de Beauvoir zu meiner Kundschaft zählen. Gleichwohl hätte ich das Privileg, durch die reizvollen Straßen jener geschichtsträchtigen Stadtviertel zu wandeln, wo jeder Winkel an kulturelle Revolutionen erinnert. »Ein Künstler in Europa kann nirgend anders als in Paris leben«, sagte Jean Cocteau.

Für den Moment muss ich mich bescheiden, ich kann keine großen Sprünge machen: Die Präsentation von Giorginas Gedichtband steht kurz bevor. Noch eine Woche bis zu dem großen Tag. Alles muss passen, und ich allein bin dafür verantwortlich. Der Professor ist in fieberhafter Aufregung und schläft nur noch sehr unruhig. Seite an Seite mit Madame Georgette im Fernsehen aufzutreten bringt ihn nicht aus dem Konzept; doch die Aussicht darauf, sie in der ruhmreichen Familienbuchhandlung zu Gast zu haben, ruft bei ihm Albträume und Herzrasen hervor. Er ist nervös und zerstreut, was so weit geht, dass er stets mit Ja antwortet, egal, welche Frage man ihm stellt. Das habe ich mir gleich zu Nutzen gemacht und problemlos für diesen Nachmittag frei bekommen. Er will auch auf die Hunde aufpassen.

Michele hat sich mit mir an der Seilbahn verabredet.

Heute früh platzte er derart ungestüm in die Buchhandlung, dass ich vor Schreck fast von der Leiter gefallen wäre. Seinen wirren Ausführungen entnahm ich nur so viel, dass der Obergefreite aus Mailand zurück sei und es Neuigkeiten über den Toten aus der Macchia gebe.

Wir klettern in die Kabine der Seilbahn. Dort stehen wir gedrängt wie in einer Sardinenbüchse, ich ganz nah bei Michele, mein Gesicht an seiner Schulter. Der Geruch nach Patschuli, den ich einatme, und der Kontakt mit seinem warmen Körper wecken ziemlich unromantische Empfindungen in mir. Von seiner Reise ist er schlanker, gebräunter, schöner zurückgekehrt. In weniger als zwei Minuten bringt uns die Kabine vom Plateau des Tuffsteinfelsens nach unten zum Parkplatz des Bahnhofs und mich wieder auf den Boden der Tatsachen.

»Darf man erfahren, was wir vorhaben?«, frage ich Michele, während wir den Platz überqueren.

»Gewiss doch, verzeih… Der Obergefreite hat meine Nachricht erhalten und mich in der Redaktion besucht. Ich habe ihm zwar erklärt, dass ich die Untersuchungen eingestellt habe, doch weil er nun schon einmal da war, haben wir bei einer Tasse Kaffee ein paar Worte gewechselt.«

»Ja, und?«

»Was die Beweisstücke und die Obduktion der Leiche angeht, erzählte er nichts Neues. Die Fingerabdrücke waren in keiner Datenbank; sie abzunehmen war also zwecklos gewesen. Auf dem Boden und auf dem Gras ließ nichts darauf schließen, dass man die Leiche zum Baum geschleift hätte. So kam man zu dem Schluss, der Alte sei auf eigenen Füßen dorthin gegangen. Spuren gab es jede Menge, allein schon von den Rentnern, die den Mann gefunden haben, außerdem ist die Macchia ein gut besuchter Ort, und so konnten sie auch von wer weiß wem stammen.«

»Ich denke, die Sache fallen zu lassen war die beste Entscheidung, die wir treffen konnten, nicht wahr.«

»Warte«, stoppt mich Michele. »Eine Neuigkeit gibt es schon: Nach dem Auffinden der Leiche hatten die Carabinieri auch am Bahnhof von Orvieto recherchiert. Sie haben das Foto des Toten überall herumgezeigt, den Gepäckträgern, dem Zugpersonal, den Reinigungskräften, aber keiner kannte den Mann. Bis auf einen.«

»Und wer ist das?«

»Der Zeitungshändler. Er hat einen Zeitschriftenladen in der Bahnhofshalle. Er hatte sich erinnert, dass der Alte in gewissen Abständen nach Orvieto kam, aber er wusste nicht, wer er war.«

»Also so was, da müssten wir ja wieder bei null anfangen«, protestiere ich.

»Mag sein«, versucht Michele mich zu beruhigen. »Aber ich würde gerne mit eigenen Ohren hören, woran sich der Typ erinnert.«

»Zuerst willst du nichts mehr davon wissen, dann doch wieder ... Der Herr handelt ganz nach Lust und Laune ... Aber wenn du meinst«, murre ich.

Dann bleibe ich plötzlich stehen: Auf die Wand am Bahnhof hat jemand etwas in schwarzen und blauen Buchstaben gepinselt.

KACKEN IST SCHÖN, ES BEFREIT DEN GEIST

Den gleichen Spruch habe ich vor Kurzem gelesen, eingebettet in die Gedanken eines großen Philosophen, der behauptet, wenn der Kolon verstopft ist, hört der Mensch auf, ein denkendes Wesen zu sein. Hinter einer solchen Schrift steckt eine gewisse Weisheit. Ich nehme mir Zeit und lese voller Bewunderung, aber Michele zerrt mich an einem Arm weg und bedeutet mir mit einer Kopfbewegung, ihm durch die Bahnhofshalle zu folgen.

Wir steuern auf den Zeitungsstand zu, in dessen Innern ein untersetzter Mann, den Kopf nach hinten gelegt, auf einem Hocker fläzt und schnarcht. Er trägt ein schmuddeliges weißes T-Shirt, das, leicht nach oben verschoben, seinen Bauchnabel freigibt. Michele räuspert sich dezent, um sich bemerkbar zu machen. Vergeblich. Mit Daumen und Zeigefinger im Mund, wie ich sonst die Hunde zurückpfeife, schaffe ich Abhilfe.

Der Zeitungsmann schlägt die Augen auf, setzt sich ordentlich hin und wirkt völlig klar, nicht so, als sei er erst vor einer Sekunde aus einer Traumwelt emporgetaucht. Michele stellt sich vor, erklärt ihm den Grund unserer Recherche und reicht ihm das Foto des Toten. Der Typ greift danach mit seinen von Druckerschwärze und Tabakgenuss verfärbten Fingern und betrachtet es mit zusammengekniffenen Schweinsäuglein.

»Uuhm, das Gesicht ist mir nicht neu«, sagt er und streicht sich wieder und wieder übers Kinn. »Aber ich kann es nicht so recht einordnen.«

»Es gehört dem Mann, den man vor zehn Jahren erhängt in der Macchia dei Frati gefunden hat«, hilft ihm Michele auf die Sprünge.

»O ja, jetzt erinnere ich mich. Einmal im Monat, so gegen acht Uhr abends, tauchte er hier auf und kam bei mir vorbei, um ein einfaches Ticket für die Seilbahn zu kaufen. Und dann sah ich ihn erst gegen Ende des nächsten Monats wieder.«

»Heißt das, Sie haben nie mitgekriegt, dass er wieder abgereist ist?«, frage ich.

»So ist es«, nickt der Mann und reinigt sich die Backenzähne mit einem Zahnstocher. »Um die Wahrheit zu sagen, ich habe nicht darauf geachtet. Das habe ich seinerzeit auch den Carabinieri erzählt. Die Leute kommen entweder zu mir, oder sie lassen es bleiben, ich mache mir da keine Gedanken.«

Besonders, wenn du schnarchst wie ein verstimmter Kontrabass, schießt es mir ungnädig durch den Kopf.

»Bitte, denken Sie noch mal genau nach«, bittet Michele ihn. »Versuchen Sie, sich an Einzelheiten zu erinnern – seine Stimme, den Akzent, irgendein besonderes Merkmal …«

»Was willst du, dass ich dir sage, mein Junge? Das ist nicht einfach, nach so vielen Jahren. Wie seine Stimme war … Normal, möchte ich meinen. Mehr als ›einmal Seilbahn‹ hat er sowieso nicht herausgebracht. Und wie soll man aus einem solchen Satz den Akzent erkennen können? Er hatte kein Gepäck und er war gekleidet, als wäre er ein Geschäftsmann, daran erinnere ich mich noch: Shirt mit Krokodilabzeichen, feiner Mantel. Aber die Sachen passten nicht zu ihm, man sah deutlich, dass er ein einfacher Mann war, der auf elegant und gelackt machte. Du kannst dich noch so putzen und schmücken und dir die besten Klamotten kaufen, aber wenn du ein Bauerntölpel bist, dann bleibst du das auch.«

Ich bezweifle, dass wir noch mehr aus ihm herausbekommen. Und ich fürchte, dass wir erneut in einer Sackgasse gelandet sind. Wie auch immer, ich habe für den Zeitungshändler noch eine Frage auf Lager.

»Über welchen Zeitraum ist er zu Ihnen an den Verkaufsstand gekommen?«

»Uhm, mindestens fünf Jahre lang.«

»Fünf Jahre?«, meint Michele erstaunt. »Einmal im Monat, abends, fünf Jahre lang?«

»Er hat nicht einen einzigen Monat ausgelassen.«

Michele und ich wechseln einen fragenden Blick. Wir danken, verabschieden uns und gehen auf den Vorplatz.

»Was hältst du davon?«

»Eh, was soll ich davon halten?«, erwidert Michele achselzuckend. »Mir kommt es nicht so vor, als hätten wir eine sensationelle Entdeckung gemacht. Jetzt, wo wir wissen, dass der Alte einmal im Moment ins Zentrum von Orvieto hinaufgefahren ist, was ändert das?«

»Es ändert sich die Perspektive. Wenn er keinem in der Stadt über den Weg gelaufen ist, dann bedeutet das, die Geschäfte waren bereits geschlossen, als er dort eintraf. Es läge also nahe, dass er sich direkt in ein Privathaus begeben hat.«

»Ja, das könnte sein ... Nicht aber, um dort zu bleiben. Du hast doch gehört, was der Zeitungshändler gesagt hat: Er war ohne Gepäck unterwegs.«

»Es kann ja sein, dass man ihn am selben Abend noch mit dem Wagen zurückgebracht hat. Fakt ist, dass ganz Orvieto mit den Suchbildern geradezu tapeziert wurde, warum also hat sich der Typ oder wer auch immer, den der Alte besuchen ging, nie gemeldet?«

»Vielleicht weil er etwas mit seinem Tod zu tun hat ...«

»Eben. Und damit kehren wir geradewegs wieder zur Ausgangsthese zurück.«

»Aber logisch«, ruft Michele aufgeregt, und seine Augen funkeln. »Es wäre dann genauso, wie du es dir dachtest. Er wurde ermordet. Fantastisch ...«

»Von wegen fantastisch«, versuche ich ihn wieder auf den Boden der Tatsachen zurückzuholen. »Wir haben nichts in der Hand, genauso wenig wie die Carabinieri, die ja nicht grundlos aufgegeben haben. Es stimmt, es gibt viele Ungereimtheiten, und ich war die Erste, die darauf gedrängt hat, nicht an einen Selbstmord zu glauben; aber wir müssen hier haltmachen. Wir sind keine Polizisten, sondern eine Buchhändlerin und ein Provinzjournalist, und haben weder die Zeit noch die Erfahrung, weiterzumachen.«

»Das stimmt nicht. Etwas können wir machen.«

»Und was wäre das? An jeder Tür anklopfen und nachfragen, ob sie diejenigen waren, die den Alten einmal im Monat empfangen und ihn schließlich aufgeknüpft haben?«

»Nein, so nicht. Aber wir können das Foto noch einmal herumzeigen.«

Ich blicke ihn verwundert an. Uferlos. Es erscheint mir als der reinste Wahnsinn. Und das sage ich ihm auch, ohne ein Blatt vor den Mund zu nehmen.

»Was für ein Schwachsinn! Das hat seinerzeit nichts gebracht, warum sollte es heute funktionieren?«

»Richtig. Aber ich setze auf so etwas wie verspätete Reue. Wer damals nicht den Mund aufgemacht hat, könnte sich entschließen, das jetzt zu tun. Versuch dir mal vorzustellen, wie ein solcher Mensch die letzten zehn Jahre zugebracht hat: gequält von Gewissensbissen, erdrückt von Schuldgefühlen, hin und her gerissen von der Absicht, unentdeckt zu bleiben, und dem dringlichen Wunsch, sein Vergehen zu sühnen. Ein Geständnis wäre für ihn eine Befreiung. *Dostojewski docet.*«

»Also gut«, füge ich mich, zwar wenig überzeugt. »Aber erwarten wir lieber nicht zu viel. Was kommt, das kommt.«

»Was kommt, das kommt.«

Wir verabschieden uns in der Nähe der Buchhandlung. Michele will das Foto sofort vervielfältigen und mir meinen Teil bringen. Die Hälfte davon wird er in seinem Wohnviertel verteilen, während ich mir mit der anderen Hälfte meine Wohngegend vornehme. Ich beschließe, bei den Geschäften unserer Bekannten zu beginnen, dann wird man weitersehen.

Meine Lust, diese Geschichte weiterzuverfolgen, hält sich in Grenzen. Die anfängliche Begeisterung hat sich in Luft aufgelöst, und Geduld zählt wahrlich nicht zu meinen Tugenden. Im Grunde, welche Bedeutung sollte es für mich haben, die Identität des Alten herauszufinden oder zu erfahren, ob er sich das Leben genommen hat oder ob da eine fremde Hand im Spiel war? Früher oder später wäre er sowieso gestorben. Und wenn niemand aufgetaucht ist, um ihn zu betrauern, warum sollte es mich dann kümmern? So ist das Leben nun mal: Wer stirbt, liegt flach, wer lebt, will seine Ruh.

Auf meine zynischen Gedanken konzentriert, achte ich nicht auf den Professor, der durchs Schaufenster grüßt; er macht die Tür auf, um die Hunde herauszulassen, die mir freudig entgegenrennen, während ich ihm ein Zeichen mache, dass ich noch zehn Minuten brauche, bevor ich im Laden anfangen kann.

Da kommt auch schon Michele. Er winkt bereits im Herbeilaufen mit meinem Stapel und drückt ihn mir zwei Sekunden später völlig außer Atem in die Hand.

»Was kommt, das kommt«, schnauft er lächelnd. Dann macht er sich auf den Weg in sein Wohnviertel.

Gefolgt von Doris und Lessing, betrete ich als Erstes den Laden von Eugenio Persichetti. Dieses Wesen, ausgestattet mit einer andersgearteten Intelligenz, ist gerade beschäftigt, mit einem Federwedel die unzähligen Souvenirs abzustauben, von denen sein Geschäft überquillt; mein Eintreten in Gesellschaft der vierbeinigen potenziellen Zerstörer seiner Keramiken sieht er ungern.

»O je, Matilde! Gell, du passt auf sie auf? Die kommen mir ein wenig nervös vor, die zwei da.«

»Nervös?« Ich betrachte die Hunde, die auf wundersame Weise eng an meinen Waden verharren. »Aber wenn sie doch erstarrt sind wie Salzsäulen.«

»Da täuschst du dich aber«, insistiert der Schwachkopf. »Schau sie doch mal gut an: Meiner Meinung nach hat ihnen jemand einen Floh ins Ohr gesetzt.«

Ich hole tief Luft, um meinen Zorn zurückzuhalten.

»Brauchst du etwas von hier?«, fragt Eugenio, während er unbeirrt weiter staubwedelt.

»Ich wollte dich um den Gefallen bitten, hier einige Fotokopien auszulegen und sie deinen Kunden zu geben.«

»Um was handelt es sich da?«

»Um das Foto eines Unbekannten, des Erhängten der Macchia dei Frati.«

»Ah, ja … Diese alte Geschichte, die ihr, du und Michele, wieder ausgegraben habt. Adelina hat uns davon erzählt. Habt ihr die Sache immer noch nicht über?«

»Nein. Michele will unbedingt weiter daran arbeiten, und ich bringe es nicht übers Herz, ihn im

Stich zu lassen. Also, was ist, kann ich die Fotokopien dalassen?«

»Uhm … eigentlich wäre es besser, du würdest sie woanders hinbringen.«

»Willst du damit sagen, du tust mir diesen Gefallen nicht?«

»Nein, nein, so ist das nicht. Nur – bei mir schauen fast nur Touristen herein. Wozu soll ich denen dieses Foto geben?«

Schweren Herzens muss ich zugeben, dass seine Argumentation nicht von der Hand zu weisen ist. Ich lockere die Anspannung, die sich seit dem Betreten des Ladens in mir breit gemacht hat.

»Du hast recht, entschuldige. Ich werde in den anderen Geschäften fragen.«

»Versuch's ruhig, auch wenn du damit nur deine Zeit verschwendest. Ich würde allerdings meine Energie für etwas Konstruktiveres …«

»Danke, ich werde über deinen kostbaren Rat nachdenken. Verzeih die Störung.«

»Da gibt es doch nichts zu entschuldigen!« Und mit einem schiefen Blick zu meinen Waden. »Ich begleite euch noch nach draußen.«

Er geht mir voraus zum Ausgang und reicht mir dort seine schweißklebrige Hand.

»Dein Besuch war mir ein Vergnügen, Matilde. Ich gratuliere dir auch zu deinen braven Hunden.«

Urplötzlich, angezogen von wer weiß was, beginnt Lessing zu bellen und haut ab in Richtung Corso, dicht gefolgt von seiner Schwester.

»Doris! Lessing! Sofort zurück!«

Doris gehorcht auf der Stelle. Der Satansbraten von Lessing aber setzt seinen Wahnsinnsspurt fort, ungeachtet meiner Rufe. Ich versuche, ihn zurückzupfeifen, auch das fruchtet heute nichts.

»Lessing!«, schreie ich. »Komm sofort hierher!«

So schnell ich kann, schließe ich mein an einem Pfahl geparktes Fahrrad auf, stopfe Doris ins Körbchen und stürze wie eine Furie in Richtung Corso.

Wo nur ist dieser Teufel von einem Hund abgeblieben?

Wieder eine schlaflose Nacht.

Überall habe ich nach Lessing gesucht, aber nicht die geringste Spur von ihm entdeckt. Einige Leute haben ihn vorbeilaufen sehen und mir seine Richtung gezeigt, aber bevor ich dort aufgetaucht bin, war er schon wieder weg.

Die Tatsache, dass er ein Halsband mit Hundemarke trägt, ist mir kein Trost: Wenn er zum Beispiel mit einem anderen, womöglich sehr viel größeren Hund aneinandergeraten sollte, kann er das ohne Weiteres verlieren.

Und wenn er unter ein Auto gekommen ist? Er ist ja noch so klein …

Ich weiß nicht mehr ein noch aus. Die Vorstellung, ihn für immer verloren zu haben, zerreißt mich schier. Ich habe ihn aus dem Müllcontainer gezogen, womöglich gelingt es mir nicht noch einmal, ihm ein schreckliches Ende zu ersparen.

Das Morgengrauen weckt mich auf dem Sessel vom Porta-Portese-Markt, Doris fest in meinen Armen. Ich schaffe es nicht, die Tränen zurückzuhalten, während ich sie streichle. Gerade als ich beschließe, mich auf den Weg zu machen, um meine gestrige Suche fortzusetzen, befreit sich die Kleine aus meinem Griff und stürzt zur Fenstertür. Sie lehnt sich mit den Vorderpfoten gegen das Glas, winselt, bellt und dreht sich nach mir um, damit ich herkomme.

Ich öffne den Türflügel weit, folge ihr Richtung Balkongeländer und schaue nach unten. Vor dem Tor liegt ein zusammengerolltes haariges Bündel in Erwartung, dass endlich jemand aufmacht.

Lessing ist nach Hause zurückgekehrt.

Sanft die Ungläubigen unterstützen, entschieden die Ströme der Leidenschaften durchqueren, die ferne Dimension nicht vernachlässigen, den Begleitern keine Rechnung tragen: So schließlich gelingt es, in der Mitte voranzuschreiten. Keine Ebene, auf die nicht ein abschüssiges Stück folgt, kein Fortgehen, auf das keine Rückkehr folgt. Sei nicht betrübt ob dieser Wahrheit. Genieß die Glückseligkeit, die du noch dein nennst.

Der Klavierstimmer ist soeben gegangen.

Nach Monaten des Stillstands funktioniert der Flügel wieder perfekt. Mir war die Idee gekommen, eine musikalische Untermalung beim Vortrag von Giorginas Gedichten könnte doch recht hilfreich sein; und so hat Alfredo nicht nur für die Getränke und Häppchen, sondern auch für den Pianisten gesorgt; er hat seinen Neffen, der Ambitionen als Komponist hat, zum Spielen vergattert. Und der wiederum konnte es kaum glauben, dass ihm endlich jemand das Privileg eines aufmerksamen Publikums verschafft.

Der Professor geht nervös auf dem Podium auf und ab, den Blick starr auf die Blätter gerichtet, auf denen er seine Moderation notiert hat. Ich kann ihn ja verstehen, den Ärmsten: Wenn die Verse ein solcher Müll sind, wie er es mir angekündigt hat, bedarf es einer guten Portion Unverfrorenheit, um Lobgesänge auf sie anzustimmen und obendrein die Anwesenden davon zu überzeugen, den Band zu kaufen. Die Druckerei hat die Bücher vor Kurzem erst angeliefert; beschäftigt, wie ich bin, habe ich es nicht einmal geschafft, einen Blick hineinzuwerfen. »Andere Verse. Träume mit offenen (und geschlossenen) Augen einer reifen Adoleszentin.« Ich möchte dieses Genie kennenlernen, das einen solchen Titel vorgeschlagen hat. Ich platziere die Bände gut sichtbar – auf den Regalen in Augenhöhe und gestapelt auf ein paar Tischchen am Eingang des Saals, gleich neben der Theke, auf der Alfredo seine Kanapees und Erfrischungen ausbreitet.

Ich ziehe ein Päckchen meiner Fotokopien aus der Tasche, gehe zur ersten Reihe Thonetstühle und lege je eine darauf, sodass jeder, der sich niederlassen will, das Papier zwangsläufig aufheben und einen Blick darauf werfen wird.

»Was sind das für Blätter, meine Liebe?«, fragt der Professor neugierig und entzieht seiner Rede, die er ununterbrochen durchgeht, für einen Augenblick die Aufmerksamkeit.

»Oh, das sind nur Flugblätter mit dem Foto des Toten von der Macchia.«

»Du großer Gott! Noch immer diese Geschichte? Ich glaubte, ihr hättet sie endgültig ad acta gelegt.«

»So war es auch. Michele hat es sich aber noch einmal überlegt und will, dass wir überall das Foto verteilen. Er hofft auf das schlechte Gewissen desjenigen, der bis heute geschwiegen hat.«

»Hm, aber nicht hier und nicht heute, liebe Matilde«, zischt der Professor verärgert. »Überhaupt nicht in meiner Buchhandlung.«

Verblüfft sehe ich ihn an.

»Professor, daran ist doch nichts Schlechtes. Es sind doch nur …«

»Ich verabscheue es, Menschen zu belästigen, die sich hier einfinden und uns mit ihrer Gegenwart beehren. Nehmen Sie sofort diese Blätter weg.«

»Sie verzeihen, wenn ich widerspreche, aber niemand soll belästigt werden. Die Leute werden die Flugblätter auf ihrem Stuhl finden, sie anschauen, und der Mechanismus wird sich wieder in Gang setzen. Das ist alles.«

»Signorina Ferraris! Wir sind keine Handelsvertreter und keine Marktschreier. Keine einzige der Personen, die hier zu Gast sind, darf bedrängt oder belästigt werden. Ihr infantiles Verhalten habe ich langsam satt. Ich bitte Sie, das zu respektieren und keinen unnötigen Ärger bei mir hervorzurufen, zumindest heute nicht.«

Seine Gründe erscheinen mir höchst absonderlich, aber er ist nun mal der Chef, und ich kann nicht anders, als ihm zu gehorchen. Ich sammle die Blätter wieder ein und verstaue sie in meiner Handtasche, immer noch erstaunt ob dieser unerklärlichen Feindseligkeit von Seiten Sergio Paolinis.

Unterdessen ist der Pianist eingetroffen. Sein Haar ist verstrubbelt, was ihm die Aura eines genialischen Künstlers verleiht; er trägt sogar einen Frack, so besonders ist für ihn dieser Anlass. Besonnen lässt er sich vor der Klaviatur nieder und klimpert ein paar Tonleitern und Akkorde, um seine Finger aufzuwärmen.

Nach und nach treffen die Leute ein. Stola tragende Damen mit frischer Wasserwelle, ein paar Prälaten, irgendein obskurer Politiker und verschiedene ältere Herrschaften. Von jüngeren Menschen keine Spur.

Zuletzt sie, die erhabene Georgette, geschminkt bis zur Maskenhaftigkeit und mit einer höchst eigenwilligen Frisur: Korkenzieherlocken und den Schopf derart auftoupiert, dass er bei jedem Schritt gefährlich hin und her wippt. Sie bewegt sich etwas tapsig auf überhohen Absätzen und hält dabei die Enden ihrer viel zu langen grellfarbigen Tunika in die Höhe, damit sie nicht darüberstolpert.

Der Professor eilt ihr zuvorkommend entgegen, während sie die Begrüßungsrufe des Publikums mit ihrem rollenden R und den verhunzten Konsonanten hoheitsvoll erwidert, dann geleitet er sie aufs Podium und küsst ehrerbietig ihre Hand. Sie nehmen auf zwei Sesseln Platz.

Der Professor macht mir ein Zeichen, ich möge den Pianisten zum Verstummen bringen, der noch immer nicht davon ablässt, Tonleitern zu klimpern. Ich führe den Befehl aus und verziehe mich in den hinteren Teil des Saales; Doris und Lessing legen sich brav neben meinen Stuhl.

Sichtlich aufgeregt räuspert sich Sergio Paolini und beginnt mit der Vorstellung.

»Verehrte Damen, geschätzte Herren, ich bedanke mich für Ihr zahlreiches Erscheinen. Wir sind an diesem Nachmittag zusammengekommen, um ein großartiges Ereignis zu feiern. Das Erstlingswerk unserer illustren Mitbürgerin wird weit über die Grenzen unserer Region hinaus Aufsehen erregen.«

Er macht eine bedeutungsvolle Pause und dreht sich zu Giorgina um, die ungerührt auf ihrem Sessel hockt, den Blick starr auf einen Punkt vor sich gerichtet. Der Professor lockert mit zwei Fingern seinen Hemdkragen, als würde er ihn würgen und ihm den Atem rauben.

»So denn«, fährt er fort und versucht seine Verlegenheit zu verbergen, »was kann man über diese Verse sagen? … Tja, was sollte man überhaupt sagen? … Wie könnte man diese Kompositionen einordnen? Ein Urteil über Madame Georgettes Dichtkunst auszusprechen ist nicht einfach … Aus vielfachen Gründen ist es das nicht, denn hinter den zuweilen düsteren Bildern verbirgt sich eine okkulte Wissenschaft, jene hellseherische Begabung, jener instinktive Weitblick, die aus unserer Dichterin eine unanfechtbare Vorreiterin auf dem Gebiet der Parapsychologie gemacht haben.«

Er räuspert sich, nimmt einige Schlucke Wasser, dann fährt er fort.

»Nachdem sie bereits im zarten Jugendalter die eigenen paranormalen Fähigkeiten erahnt hatte, ein Umstand, dessen Zeuge gewesen zu sein ich mich glücklich preisen darf, hat Madame Georgette ihre

Erfahrungen so weit verfeinert, dass sie im Hispanisch-amerikanischen Institut für parapsychologische Wissenschaften in Barcelona ein Diplom erlangt hat, ebenso wie ein Zertifikat seitens der Weltakademie für okkulte Wissenschaften und Esoterikkultur in derselben Stadt. Dichtung und Parapsychologie vermengen sich untrennbar in ihrer Kunst. Ich möchte nun Madame Georgette bitten, uns einige ihrer Verse vorzutragen, auf dass jeder von Ihnen sich selbst ein Urteil bilde, unvoreingenommen und ohne Einmischung seitens des bescheidenen Kritikers.«

Mit einer Armbewegung bedeutet er dem Pianisten, einige einstimmende Takte zu spielen.

Der charmante Komponist hat schon darauf gewartet. Er drischt auf die Tasten ein, ergeht sich in einer Flut von Tönen und artistischen Phrasierungen, arbeitet sich an musikalischen Klangteppichen im Stil der Achtzigerjahre ab und ist einfach nicht mehr zu bremsen. Er sollte eigentlich für eine Untermalung sorgen, stattdessen schweift er ab, verliert sich in Themen und Variationen, Kapriolen und Trillern, und das in höchster Lautstärke. Der Professor sieht sich gezwungen, mit dem Fuß energisch auf das Podium zu stampfen, um ihm Einhalt zu gebieten. Alfredo ist vor Verlegenheit feuerrot.

Madame Georgette setzt die Weitsichtbrille auf und öffnet das Buch, das sie auf dem Schoß hält.

»Ich werrte euch tas Geticht *Aufgeteckterr Morrt* tarbieten.«

Ich suche tich: ich fint tich nich
Ich öffne tie Türr: torrt pist du nich
Ich rreiß tie Fensterr weit auf: ich zeh dich nich.
An einem gewissen Punggt
kommt ter Hunt
rruft mich
wetelt mit dem Schwantz
führt mich nach trraußen
und entlich fint ich tich,
torrt im Hof
mit einem Messerr im Rrücken.
Und blödzlich trräume ich zu fliegen
und auf einerr Wolke zu sein
und torrt zeh ich tich
wie tu mich bei terr Hant nimmst
und zu mirr sackst:
mach tirr keine Sorrgen, es warr terr Orrganist.

Sie nimmt die Brille ab und schließt das Buch, was bedeuten soll, das Gedicht ist zu Ende.

Zu Hause auf der Terrasse habe ich einen Kaktus, der bei näherem Kontakt die gleiche Empfindung erzeugt wie ihr Gedicht. Es ist wesentlich schlimmer, als ich es mir vorgestellt habe. Der Saal steht offensichtlich unter Schock, kein Atemzug ist zu hören.

»Also«, hebt Sergio Paolini zu einer Interpretation an, »die Protagonistin dieser lyrischen Komposition kreist verloren auf der Suche nach ihrem Gefährten durch ihre Wohnung, bis das Haustier sie darauf hinweist, dass der Gesuchte als Leiche im Hof liegt.

Aber wer ist der Täter dieser infamen Handlung? Die übernatürlichen Fähigkeiten der Frau erweisen sich als hilfreich, ja genau: Der Gefährte erscheint ihr im Traum und offenbart ihr, dass er von einem Orgelspieler niedergemetzelt wurde. Wie Sie feststellen konnten, sind die Verse von Madame Georgette in doppelter Hinsicht an das Metapsychische gebunden. Unschwer werden Sie ihre starke Verwurzelung im Hellenismus entdecken, jene antike, nicht immer unmittelbare philosophische Weisheit, die sich auch als Lektion des Lebens anbietet.«

Die letzten Sätze spricht er mit einer zittrigen, immer leiser werdenden Stimme, dann bittet er Giorgina weiterzulesen. Der Maestro am Flügel legt volle Kanne los mit einer blutleeren, schwer verdaulichen Melodie, mit Einsprengseln aus einem Requiem und einer neapolitanischen Tarantella. Urplötzlich erschallt auch noch sein Bariton in einem derart lang anhaltenden Ton, dass das Publikum beginnt, für ihn nach Luft zu schnappen. Sein Gesang endet mit einem Vibrato auf dem dreigestrichenen c, bei dem die Gläser zu zerspringen drohen und Doris und Lessing sich aufrecht hinhocken und ein Wolfsgeheul anstimmen.

»Maledetto imbecille. Vaffanculo«, höre ich Alfredo auf den Neffen fluchen. »Verflucht sei ich und der Tag, an dem ich dich herbrachte ...«

Der Saal bricht in Gelächter aus, und der Künstler beendet die grausame Vergewaltigung des Pentagramms. Ich presse die Schnauzen der Hunde zusammen, während Giorgina die Brille wieder auf der Nase platziert und seelenruhig das Buch öffnet.

»Ich werrte fürr Sie tas Geticht *Matama Georrgette c'est moi* vorrtragen.«

Oh! Schauterr überrgommen mich.
Oh! Ich gänslich zitterre.
Ah! Das Oggulte trringt in mich ein.
Ich verrnehme Leiten und Schmerrtz.
Enertschi schengge ich,
toch werr nicht begrreift, mich auf ten Arrm nimmtt.
Oh, Weisheit! Oh, Wissen!
Kommt mirr entgegen.
Werrd ich die Menschheit lenggen können?
Ja, unt ich werrte nahe bei klühenten Wellen leben,
tie zu jeterr Stunt errstrrahlen.

Hölle und Teufel! Ich versinke vor Scham in den Sessel.

»Wenn ich denen, die diese Seiten lesen werden, einen Rat geben darf«, ergreift der Professor das Wort, »es wäre gut, diese Gedichte nach dem ersten Lesen zur Seite zu legen und sie im Innern wirken zu lassen. Doch nach einer gewissen Zeit sollte man sie erneut hervorholen und ein zweites Mal lesen, um so die unterschiedlichen Bedeutungen in ihrer Gänze zu erfassen, die die Verse je nach Tagesform und Seelenlage des Rezipienten entfalten. Ich lade Sie deshalb ein, in den hier ausgelegten Exemplaren zu schmökern, und lege Ihnen ans Herz, die Neuerscheinung gleich hier und heute zum Vorzugspreis zu erstehen. Ich danke Madame Georgette für die Ehre, die sie uns erwiesen hat, und Ihnen allen für Ihr Kommen.«

Ich stimme einen zaghaften Applaus an, und zum Glück schließt sich der ganze Saal an.

»Gehen Sie bitte noch nicht weg!«, verkündet der Professor. »Wir haben ein köstliches Büfett für Sie vorbereitet, dessen Erfrischungen, so hoffe ich, Ihnen in Gesellschaft unserer Autorin munden werden.«

Bei den Worten »Erfrischung« und »munden« stürzen alle wie Heuschrecken zu der von Alfredo angerichteten Theke. Sie drängen sich um die belegten Schnittchen und die Cocktails, als würden sie schon seit Tagen hungern; Giorgina und ihre Bücher ignorieren sie völlig, keiner würdigt auch nur ein Exemplar eines Blickes.

Ich nutze die Gelegenheit und verlasse unauffällig die Gesellschaft. Ich sehne mich nach einem Fußbad und hätte gerne ein gutes Mittel, das ich ins Wasser geben könnte. Ich verabschiede mich rasch beim Professor und mache mich mit Doris und Lessing auf den Weg zum Heilkräuterladen.

Adelina ist allein. Sie schenkt mir beim Eintreten ihr schönes Lächeln und ergeht sich sofort in fachkundigen Ratschlägen. Ihrer Ansicht nach darf das Wasser für ein Fußbad gerade mal lauwarm sein, und je nach Bedarf gibt man einige Tropfen bestimmter Essenzöle hinein: Wacholder, Lavendel und Rosmarin für müde Füße; Eukalyptus und Minze für die geschwollenen. Meine sind müde und geschwollen, so dass ich alle fünf Öle kaufe.

Während Adelina sie einpackt, fällt mir auf, dass die Fotos des Erhängten, die ich vor wenigen Tagen gebracht habe, vom Ladentisch verschwunden sind. Ich frage sie nach dem Grund.

»Oh, die habe ich verteilt. Es sind etliche Kunden dagewesen, und so habe ich sie alle verbraucht.«

»Da wird sich Michele aber freuen. Weißt du was? Ich lass dir noch einen zweiten Stapel da. Ich wollte sie heute in der Buchhandlung auslegen, aber der Professor hat es nicht erlaubt.« Ich öffne meine Tasche und hole die Fotokopien heraus. »Soll ich sie hierhin legen?«

»J-ja … mach … ruhig. Hör zu, morgen ist Samstag. Warum kommt ihr, Michele und du, nicht zu uns zum Essen?«

O mein Gott, noch einen Abend zusammen mit Eugenio, diesem pseudointellektuellen Einzeller … Es passt mir wirklich nicht, aber Adelina ist immer so freundlich und versucht es immer wieder, und ich habe schon zu oft abgelehnt.

»Gerne, danke. Ich werde Michele Bescheid sagen.«

Die Türglocke verkündet das Eintreten neuer Kundschaft. Ich verabschiede mich von Adelina und verabrede mich für den morgigen Abend. Beim Hinausgehen stößt Lessing mit aller Wucht gegen ein Tischchen und wirft es um. Der Teller darauf landet auf dem Boden, geht in Scherben, und die Rosenblüten, die darauf lagen, verteilen sich in alle Winkel.

Lessing kriegt von mir einen Klaps und flüchtet sich in eine Ecke. Zutiefst bedauernd entschuldige ich mich bei Adelina, die mit der neuen Kundin beschäftigt ist, und gehe in den Nebenraum, um Schaufel und Besen zu holen. Sorgfältig sammle ich Scherben und Blütenblätter ein, dann gehe ich wieder nach hinten, um alles in den Mülleimer zu werfen.

Ich hebe den Deckel an und kippe die Schaufel hinein.

Die Terrakottascherben fallen auf etwas Bekanntes.

Ich schaue genauer hin.

Es ist ein Stapel Papier.

Es sind die Flugblätter mit dem Bild des Erhängten, die ich am Vortag vorbeigebracht hatte.

Warum hat Adelina mich angelogen?

Der Donner fährt am Himmel entlang: Alle Dinge erlangen den natürlichen Zustand der Unschuld. So heilten und ernährten die antiken Könige, reich an Tugenden und im Einklang mit der Zeit, alle Wesen. Wenn man beim Pflügen nicht an die Ernte denkt und beim Gestrüppausreißen nicht an die Nutzung des Felds, dann ist es günstig, etwas zu unternehmen. Vom Unglück getroffen nicht aus eigenem Verschulden: Die Kuh von irgendjemandem am Zaun angepflockt ist der Gewinn des Vorüberziehenden und der Verlust des Städters.

Alte Jungfer nennt man eine unverheiratete und nicht mehr junge Frau, der man stereotyp einen launischen und giftigen Charakter zuschreibt.

Die Definition passt perfekt auf die Schwestern Marzo. Sie sind alt, untersetzt und behaart, also sicher keine Schönheiten, schon vor der Zeit verblüht aufgrund des Jochs, das sie in jungem Alter auf sich nehmen mussten: nämlich sich um eine alte, ebenfalls unverheiratete Tante zu kümmern. Es war ein echtes Sklavenleben, einem geizigen alten Drachenweib unterworfen, das viel zu spät erst den Löffel abgegeben hat, Gott hab sie selig.

Elvira und Maria haben noch nie einen Schritt aus Orvieto herausgemacht. Um genauer zu sein, sie haben noch nie eine andere als ihre Kerkerwohnung bewohnt, in der sie auch das Licht der Welt erblickten; ihr einziger Trost ist ihre große Leidenschaft fürs Sticken und Stricken und Handarbeiten überhaupt. Da sie keinen Beruf erlernten, waren sie gezwungen, aus dieser Leidenschaft ihren Broterwerb zu machen; heute sind sie zwei fähige Kunsthandwerkerinnen, die weiterhin in ihrer Werkstattwohnung leben und deren einziger Beitrag zum Gesellschaftsleben der ist, Aussteuern und Tischwäsche zu produzieren.

Aus diesem Grund bin ich jetzt hier. Ich suche nach etwas Nettem, das ich für Adelina kaufen könnte, um nicht mit dem üblichen Blumenstrauß bei ihrem Abendessen aufzutauchen. Die Schwestern Marzo sitzen einander gegenüber und stricken: Maria ist ein Ausbund an Konzentration, Elvira hingegen deutlich lustloser. Sosehr sie sich auch äußerlich ähneln, desto mehr unterscheiden sie sich in charakterlicher Hinsicht: eine starrsinnige Nervensäge, schnell mit Urteilen bei der Hand die Erstere, viel gutmütiger, nachgiebiger und lebhafter die Zweite. Eine Ameise und eine Grille, beide gequält von der Einsamkeit und einer tiefen Schwermut, weil kein Ritter mit weißem Umhang je durch die Pforten dieses Gefängnisses getreten ist, um sie zu befreien und aus ihnen endlich menschliche Wesen zu machen.

Ich werfe einen Blick auf die riesige Auswahl an Weißwaren, die auf Regalen und kleinen Tischen ausliegt – von Stuhlbezügen bis zu Topfhandschuhen. Abgesehen von einigen wenigen Geschmacksverirrungen ist alles sehr schön und originell, und so habe ich wirklich die Qual der Wahl.

»Hast du noch immer nichts gefunden?«, fragt Maria kratzbürstig und reckt den Hals.

»Ja und nein«, erwidere ich. »Hier liegen so viele schöne Sachen …«

»Nun, sieh zu, dass du dich beeilst«, erwidert sie grob. »In zwei Stunden gibt es Essen.«

»Lass sie in Frieden, du Giftschlange!«, weist Elvira sie zurecht. »Sie soll in Ruhe aussuchen. Die Katze, die es eilig hat, hinterlässt ihre Spur.«

»Macht blinde Katzenjunge, du dumme Gans!«, kontert Maria bissig und verpasst ihr mit der Strumpfstricknadel einen Schlag auf den Arm. »Die Katze, die es eilig hat, macht blinde Kätzchen. Wer die Spur hinterlässt, das ist die Katze, die sich zum Speck schleicht.«

»O je!«, jammert Elvira und streicht sich über den Arm, wo sich einen schmaler roter Streifen abzeichnet. »Blinde Katzenjunge, Speck … Das bleibt sich gleich.«

Ich schmunzle insgeheim und schaue mich weiterhin um. Ich betaste feine Zierdeckchen, blättere in einem Stapel bestickter Servietten, aber mit dem Kopf bin ich ganz woanders. Ich kann einfach nicht begreifen, wieso Adelina mich gestern Abend angelogen hat; ich hätte sie sofort zur Rede stellen sollen, aber ich wollte zuerst mit Michele darüber sprechen. Auch er fand es seltsam; und wir haben beschlossen, das Thema beim heutigen Abendessen anzuschneiden. Dann wird auch der Professor die Karten auf den Tisch legen und uns seine zweimalige wütende Reaktion erklären müssen.

»Also? Brauchst du noch lange?«, knurrt Maria.

»Nein, ich bin so weit.«

Ich gehe mit einem länglichen azurblauen Häkeldeckchen für die Tischmitte auf die Schwestern zu.

»Ach, das da…«, meint Maria. »Man sieht, dass du kein geübtes Auge hast.«

»Wieso, entschuldige mal?«, fragt Elvira in Jammerton. »Was ist denn an dem Tischläufer nicht richtig?«

»Alles. Ich hab's dir schon hundert Mal erklärt, wie man den Anschlag macht und die Maschenglieder aufnimmt, aber dein Hirn ist aus Granit. Einmal arbeitest du locker, dann wieder ganz straff, siehst du denn nicht, dass die eine Seite schmaler ist als die andere?«

»Sei's drum«, mische ich mich ein, »das macht doch nichts. Im Gegenteil, so ist es viel schöner. Dadurch schätzt man die echte Handarbeit, die dahintersteckt, noch viel mehr.«

»Danke, Matilde«, fügt Elvira dankbar hinzu und sieht die Schwester herausfordernd an, ihr Gesicht wird zu einer Grimasse des Triumphs. »Ich bin sicher, dass das Stück Adelina gefallen wird. Und im Übrigen, wie sagt man doch: Einem geschenkten Gaul braucht man keine Sporen zu verpassen.«

Maria verdreht angewidert die Augen. Blanke Wut blitzt auf, und sie pickst die Nadel kräftig ins Bein der Schwester.

»Aaaah, bist du denn verrückt?«, ruft Elvira und presst ihre Hände auf den Oberschenkel.

Dieses Mal lache ich nicht. Marias Reaktion war in der Tat übertrieben.

»Mädels, beruhigen Sie sich«, versuche ich die Gemüter zu besänftigen. »Dieses Häkeldeckchen ist perfekt. Verpacken Sie es mir bitte als Geschenk?«

»Aber sicher …«, erwidert Maria und deutet auf die Schwester. »Die Künstlerin wird sich darum kümmern.«

Mit feuchten Augen geht Elvira, um das Nötige zu holen. Maria folgt ihr mit Blicken, und als sie mit den Materialien zurückkehrt, schüttelt sie missbilligend den Kopf.

»Nun?«, fragt Elvira. »Gibt es noch etwas, das nicht stimmt?«

»Das Häkeldeckchen ist blau. Hältst du es für richtig, es in braunes Papier einzuwickeln? Merkst du nicht, dass die zwei Farben wie die Faust aufs Auge zusammenpassen?«

»Aber nein, das braune Geschenkpapier ist wunderbar«, greife ich hurtig ein. »Braun ist meine Lieblingsfarbe!«

»Nein, wirklich, das geht nicht«, zürnt Maria. »Wie stehen wir denn da? Wie zwei, die nicht den geringsten Geschmack haben!« Und zu Elvira gewandt: »Geh und hol das hellblaue Papier. Marsch!«

Mir reicht es jetzt gründlich. »Warten Sie, Elvira, es ist gut so. Verwenden Sie das braune Papier, ich ziehe es vor.«

»Siehst du?«, meint Elvira zur Schwester und streckt ihr die Zunge heraus. »Du machst einen Wirbel, aber am Ende geben doch mir die Leute immer recht: Wenn zwei sich streiten, ist immer das Meer dazwischen.«

»Freut sich der Dritte!«, keift Maria zurück. »Wenn zwei sich streiten, freut sich der Dritte. Und es heißt …

Wie das Sprichwort richtig lautet, will ich gar nicht mehr wissen. Ich lege das Geld passend auf den Tisch, greife das blanke Deckchen und verdrücke mich, so schnell ich kann.

Die Geschenkverpackung werde ich selbst machen.

Erheitert und zugleich vor den Kopf geschlagen von dieser Szene à la absurdes Theater, gehe ich nach Hause. Wenn die Leute nur begreifen würden, wie viel Schönes sich hinter der Einsamkeit verbirgt; wenn sie sie annähmen, anstatt sie zu bekämpfen, würden sie sich selbst und die Welt rundherum viel besser verstehen.

Ich gehe in die Küche und lege alles bereit, um mein Mitbringsel hübsch einzuwickeln.

Ich habe kein Geschenkband, verflixt.

Sei's drum, Paketschnur tut's auch.

Ich lege das Papier auf die Tischplatte und streiche es sorgfältig glatt, dann nehme ich das Häkeldeckchen zur Hand.

Bevor ich es falte, schaue ich noch mal ganz genau hin, um die von Maria beklagten Mängel zu entdecken, aber sosehr ich mich auch bemühe, ich kann keine sehen.

Doch auf der Rückseite fällt mir ein kleines Etikett auf.

Also diese Marzo-Schwestern: Die machen die Dinge, wie es sich gehört. An dem fertigen Handwerksstück haben sie ganz professionell einen Talon mit ihrem Logo angebracht.

Ich sehe genauer hin, was da geschrieben steht.

Und verspüre einen Stich ins Herz.

Die Waden still gehalten. Er kann nicht retten den, dem er folgt. Sein Herz ist nicht heiter. Vor der Vollendung: gelingen. Aber wenn der kleine Fuchs, der beinahe den Übergang geschafft hat, mit dem Schweif im Wasser endet, dann ist nichts, was begünstigend wirkt. Das Feuer ist oberhalb des Wassers: das Abbild des Zustands vor der Erfüllung. So ist der Edle weise im Unterscheiden der Dinge, auf dass jedes an seinen Platz kommt.

Ich hasse Fisch.

Ich hasse es, ihn zu essen, und ebenso, mit ansehen zu müssen, wie er gegessen wird.

Ich bade nicht einmal im Meer, um mich bloß nicht in einem Element aufzuhalten, in dem es Fische gibt.

Der Fisch und ich, wir sind einfach zu verschieden. Er atmet unter Wasser. Ich ersticke unter Wasser.

Der Fisch hat einen ganz eigenen Geschmack, den man nicht mehr aus dem Mund wegkriegt. Wer ihn zubereitet, sollte sich zuvor versichern, dass auch alle Gäste ihn mögen, um jene zu schonen, die ihn nicht lieben.

Alle meine Tischgenossen mögen Fisch, und wie! Der Carpaccio von der Bernsteinmakrele mit Öl und Zitrone, den Adelina als Antipasto serviert, versetzt sie geradezu in Entzücken.

»Mm … einfach wunderbar«, schwärmt Michele neben mir und kann sich kaum mehr einkriegen. Er schließt sogar die Augen, wie in Ekstase, und flugs leere ich meinen Teller in den seinen.

»Kann ich bitte noch etwas mehr haben?«, fragt Eugenio. »Es ist eine wahre Köstlichkeit.«

»Sofort«, erwidert Adelina zufrieden und nähert sich, um ihm noch ein paar Scheibchen von dem Fisch aufzutun.

»Noch ein bisschen, wenn es dir nichts ausmacht. Man muss viel Fisch essen, er enthält Phosphor.«

»Was soll das, hoffst du etwa, intelligenter zu werden?«, zieht Filippo voller Spott über ihn her.

»Nicht mehr, als es schon der Fall ist. Aber mit Phosphor im Magen bin ich zumindest in der Nacht zu sehen.«

Eugenio sagt seinen dummen Spruch zu Ende und starrt mich mit weit aufgerissenen Augen an. Er fühlt sich unwohl unter meinem Blick. Er hat an der anderen Tischseite Platz genommen, peinlich darauf bedacht, nicht den Stuhl mir gegenüber zu erwischen, um so frei und ungehindert seine Schwachsinnskanonaden abfeuern zu können.

Ich flüchte mich in den Wein, um weder an ihn noch an den Fisch denken zu müssen, aber auch um meine Verwirrung zu kaschieren, die mich seit einigen Stunden befallen hat.

Zu Michele habe ich noch nichts gesagt: Er kam wie üblich zu spät. Die Leute hier werden uns heute Abend so einiges erklären müssen. Es geht nur darum, den passenden Moment zu finden, um das richtig einzufädeln.

Ich verabscheue nicht nur Fisch, sondern alles, was aus dem Meer kommt.

Es ekelt mich unter anderem wegen des penetranten Gestanks an, der Räume, Hände und Geschirr verpestet.

Aber man stelle sich vor, jetzt bringt Adelina eine große Schüssel Pasta mit Miesmuscheln und Creme aus weißen Bohnen. Wie kann man nur die edlen Erzeugnisse der Erde mit Fleisch aus den Meeresabgründen verbinden. Entschieden weise ich meine Portion zurück und berufe mich dabei auf eine Allergie gegen Schalentiere. Meine Tischgenossen machen sich wiederholt das streitig, was in ihren Augen eine Delikatesse ist. Noch immer nicht zufrieden, saugen und schlürfen sie gierig jeden Happen des Stockfischs nach Livorneser Art, den als weiteren Gang Filippo zubereitet hat, und können sich die abstoßende, wie rüpelhafte Geste des Tellerputzens mithilfe von Brotstückchen nicht verkneifen.

Ich halte mich an die Gemüsebeilagen, um den Teller nicht unbenutzt zu lassen und die Hausherrin nicht vor den Kopf zu stoßen. Als Adelina verkündet, sie würde nun den Nachtisch servieren, remple ich Michele mit dem Ellenbogen an, dass der Moment gekommen sei, unsere Bombe platzen zu lassen.

Er nickt. Wir haben nichts abgesprochen und wissen nicht recht, wo anfangen. Sicher ist nur eins, dass er das Thema auf den Tisch bringen muss, denn er ist der Verantwortliche für die Untersuchung.

»Herrschaften, ihr verzeiht die Störung«, hebt Michele an, während Adelina Aprikosensorbet auf die Gläser verteilt. »Ich brauche eure Hilfe.«

»Hilfe? Was ist passiert, mein Sohn«, sagt der Professor unwirsch.

»Nur die Ruhe, Onkel. Mir persönlich geht es bestens. Aber ich brauche eure Hilfe, um bei einigen Ungereimtheiten im Fall des Erhängten klar zu blicken.«

»Verflixt und zugenäht!«, explodiert der Professor und schlägt mit der Serviette auf den Tisch. »Noch immer? Ich habe euch bei mehr als einer Gelegenheit gebeten, damit aufzuhören, weil es nichts bringt, aber ihr wisst es wieder einmal besser!«

»Genau das ist der Punkt, Onkel. Deine unverständlichen Wutausbrüche, eure nicht nachvollziehbare Verschlossenheit gegenüber …«

Ich verpasse ihm einen weiteren Ellenbogenstoß und bedeute ihm, er möge der Reihe nach vorgehen. Die anderen sind verstummt: Selbst Eugenios Zunge ist nebst seiner Komikader verdorrt. Filippo legt seine Hand auf den Arm des Professors, und mit Blicken fleht er ihn an, doch ruhig zu bleiben.

Michele hebt wieder an zu reden, und ich studiere jede einzelne Reaktion.

»Versuchen wir zusammenzufassen. Ende Oktober vor zehn Jahren findet eine Schar von Rentnern einen alten Mann in der Macchia dei Frati: tot. Auf den ersten Blick denkt man an Selbstmord, denn die Leiche hängt am Ast eines großen Kastanienbaums. Seltsamerweise aber berühren seine Füße den Boden, deshalb ziehen die Carabinieri auch andere Ursachen in Erwägung. Sie entdecken ein Durcheinander an Fußspuren sowie andere Hinterlassenschaften wie Plastikflaschen, eine Zigarettenschachtel, Papiertaschentücher. Doch die Ermittler messen dem keine große Bedeutung bei, denn die Macchia ist ein stark besuchter Ort. Das einzige Indiz, das sie ein Weilchen beschäftigt, ist ein ockerfarbenes Pulver auf dem Boden rings um den Leichnam: Laut Analyse handelt es sich um eine Mischung aus getrockneten Baumharzen und Blütenpollen. Zeitgleich wird mittels Flugblättern und Aushängen in ganz Orvieto versucht, die Identität des Toten zu ermitteln. Aber keiner kennt ihn, und keiner vermisst ihn. Laut Autopsie weist der Körper keine Anzeichen von Gewalt auf, der Tod ist zweifellos durch Strangulierung beim Erhängen eingetreten. Vermutlich ist der Kastanienast erst später ein Stück nach unten gesackt, so dass der Tote Bodenkontakt bekam.«

»Und damit schließt sich der Kreis«, trumpft der Professor auf. »Was gibt es da noch herumzuwühlen?«

»Sie haben recht«, schließt Elvira sich ihm an. »Was gibt es da noch herumzuwühlen?«

»Genau das haben die Carabinieri auch gedacht«, erwidert Michele. »Besser wäre aber gewesen, wenn sie einigen Merkwürdigkeiten konsequenter nachgegangen wären.«

»Was für Merkwürdigkeiten?«, fragt Filippo.

»Zuallererst der Ast«, erklärt Michele. »Matilde und ich haben ihn uns vor Ort angeschaut. Er ist nicht besonders stabil und kräftig. Wer sich wirklich erhängen will, der sucht sich doch an solch einem Baum nicht gerade einen der schwächeren Äste aus. Obendrein wächst dieser sehr weit unten, wenn auch nicht niedrig genug, um ihn auf Zehenspitzen und mit gestreckten Armen zu erreichen. Um einen Strick daran festzubinden, bedurfte es eines Hilfsmittels wie ein Hocker oder eine Leiter, doch nichts dergleichen wurde gefunden.«

»Womöglich ist der Mann am Stamm hochgeklettert, um sich dann nach unten zu werfen...«, überlegt Adelina.

»Das glaube ich nicht«, entgegnet Michele. »Er dürfte kaum die nötige Wendigkeit besessen haben. Nein, die Herrschaften: Wir sind vielmehr überzeugt, dass es sich um Mord handelt! Dass jemand den Alten dort aufgeknüpft hat.«

»Aber jetzt reden wir hier mal keinen Quatsch, zum Teufel!«, schimpft der Professor.

»Was macht Sie da so sicher, dass es Quatsch ist, Professor?«, mische ich mich ein. »Michele hat noch gar nicht zu Ende erzählt. Der um den Leichnam verstreute Blütenstaub ist eine weitere Merkwürdigkeit, er war durchsetzt mit Baumharzen, und weder geben Kastanienbäume Harz ab, noch gibt es Blütenstaub im Herbst.«

»Saperlott! Ich wusste gar nicht, dass Sie eine derart erfahrene Botanikerin sind, Fräulein Ferraris...«

»Das bin ich auch nicht, doch ich habe sehr viel zu dem Thema gelesen«, pariere ich seinen sarkastischen Ton. »Und eben weil ich lese und mich informiere, ist mir noch eine andere Unstimmigkeit aufgefallen.«

»Ach, da gibt es noch etwas?«, sagt Filippo tiefernst.

»Ja«, erwidere ich. »Der Ysopzweig, auf den Michele und ich euch bereits angesprochen haben. Abgesehen davon, dass in der Macchia kein Ysop wächst, erschien es uns schon immer absonderlich, dass einer sich kurz vor seinem Selbstmord mit einem Zweig am Ohr schmückt. Wir haben erst an ein esoterisches Ritual gedacht, doch Adelina und du, ihr habt uns von dieser Theorie abgebracht, indem ihr behauptet, der Ysop sei ein simples aromatisches Heil- und Küchengewächs. Und das ist, wenn wir schon mal dabei sind, die nächste Merkwürdigkeit: Zwei erfahrene Heilkräuterverkäufer wie ihr hätten doch wissen müssen, dass bei dieser Pflanze sehr viel mehr dahintersteckt, zum Beispiel dass Ysop im Altertum bei Reinigungsritualen Verwendung fand …«

»Matilde«, unterbricht mich der Professor, »halten Sie Ihre Zunge im Zaum.«

»… und dass die Inquisitoren ihn für ihre Exorzismen gebrauchten«, mache ich stur weiter, »und dass er den bösen Blick fernhielt. Das wollt ihr tatsächlich nicht gewusst haben?«

»Signorina Ferraris!«, brüllt der Professor, »sind wir jetzt zu Beleidigungen übergegangen?«

»Beruhige dich, Sergio«, stoppt Filippo ihn. »Beruhige dich. Ich bin sicher, Matilde hatte keine Absicht, uns zu beleidigen.«

»O nein, gewiss nicht«, stammle ich. Ich drehe mich zu Michele hin, der mir bedeutet, doch behutsamer vorzugehen. »Verzeiht meine Heftigkeit, im Eifer des Gefechts ... verzeiht, bitte.«

»»Ist das Wort erst einmal der Brust entwichen, kann man es ebenso wenig zurückrufen wie den Pfeil, der dem Bogen vorschnell entkam««, kann sich der erzürnte Professor nicht verkneifen.

»Sehen Sie?«, setze ich mich zur Wehr. »Auch ich habe mit Ihren Wutausbrüchen zu kämpfen. Sie haben auf diese Geschichte immer böse reagiert: Sie haben mich und Michele des Hochmuts bezichtigt, weil wir beschlossen hatten, die Sache aus der Vergessenheit zu ziehen; Sie haben mich daran gehindert, die Flugblätter mit dem Foto des Toten in der Buchhandlung zu verteilen; und jetzt machen Sie einen Höllenaufstand, ohne dass es dafür einen Grund gäbe. Wir möchten euch lediglich bitten, uns zu helfen, einige Dinge zu verstehen.«

»Ist ja gut, Matilde«, meldet sich Eugenio zu Wort, »aber warum ausgerechnet wir? Wir kannten den Alten doch gar nicht, und folglich sind wir auch nicht in der Lage, euch bei eurem Anliegen zu helfen.«

»In Wahrheit bin ich vom Gegenteil überzeugt. Ich glaube, ihr schuldet uns einige Erklärungen. Zum Beispiel, wieso ihr uns bei den Flugblättern so viele Steine in den Weg gelegt habt. Nicht nur der Professor, auch du hast nicht gewollt, dass ich sie öffentlich auslege.«

»Ich habe dir erklärt, warum«, gibt sich Eugenio nicht geschlagen. »Bei mir kommen nur Touristen herein… Wenn schon die Leute von Orvieto den Alten nicht erkannt haben, wie sollen ihn dann Durchreisende identifizieren können?«

»Das stimmt. Aber mir ist endgültig der Verdacht gekommen, dass da mehr dahintersteckt, als ich gestern Abend im Heilkräuterladen war.«

Adelina dreht sich ruckartig um und starrt mich an. Sie ist kreidebleich. Filippo drückt ihr die Hand.

»Und was soll dort geschehen sein?«, fragt der Professor. »Hören wir mal.«

»Die Flugblätter, die ich Adelina hinterlassen hatte, waren vom Verkaufstisch verschwunden. Sie hat mir gesagt, sie habe sie alle verteilt, doch durch einen reinen Zufall habe ich in ihren Abfalleimer gesehen und – soll ich noch weiterreden?«, frage ich, zu Adelina gewandt.

»N-nein… ist nicht nötig…«, meint sie.

»Warum also mich anlügen? Warum konntest du mir nicht sagen, dass du die Blätter weggeworfen hast?«

»Weil… auf der Theke, da waren sie mir im Weg… ich hatte nicht genügend Platz und… Hätte ich zugegeben, sie weggeworfen zu haben, wärst du nur beleidigt gewesen, und das war nicht meine Absicht, denn die Angelegenheit war für dich ja derart wichtig…«

»Sehen Sie?«, wirft der Professor barsch ein. »Es geschah aus Feingefühl, was offensichtlich nicht geschätzt wird.«

»Wenn es so ist …«, versuche ich einzulenken. »Dann möchte ich dich um Verzeihung bitten.« Ich öffne die Tasche und hole ein verschnürtes braunes Päckchen hervor.

»Das ist für dich, Adelina. Eine kleine Aufmerksamkeit zum Dank für dein schönes Abendessen.«

»Für mich? Oh, danke. Das wäre doch nicht nötig gewesen!«

Ihr Gesicht hat wieder Farbe bekommen. Behutsam packt sie das Geschenk aus, darauf bedacht, das Papier nicht zu zerreißen.

»Noch ein paar Details, damit ihr auch alles wisst«, ergreift nun Michele das Wort. »Der Mann ist über fünf Jahre lang an jedem Monatsende gegen acht Uhr abends nach Orvieto gekommen. Vermutlich reiste er mit dem Zug an, denn er kaufte jedes Mal bei dem Zeitungsverkäufer am Bahnhof ein Ticket für die Seilbahn. Für eine einfache Fahrt. Er fuhr ohne Gepäck in die Stadt hinauf, also blieb er dort nicht über Nacht. Vielleicht hat ihn jemand am selben Abend mit dem Wagen zurückchauffiert. Aber wer bloß?«

Prüfend schaue ich Adelina an. Ihre Hände zittern, während sie immer noch betont langsam an dem Päckchen herumzupft. Endlich zieht sie das Häkeldeckchen hervor und breitet es aus, um es zu bewundern.

»Das ist ja wunderschön!«, ruft sie und weckt Elviras Stolz und Marias Verärgerung.

»Ja, es ist wirklich hübsch«, gebe ich zu. »Sehr gut gearbeitet, elegant. Die Schwestern Marzo sind zwei Künstlerinnen – und geschäftstüchtig. Sie haben sogar ein eigenes Logo entworfen, mit dem sie ihre Produkte kennzeichnen. Wusstest du das, Michele?«

»Nein, das wusste ich nicht. Bei mir ergab sich noch nie die Gelegenheit, etwas bei Elvira und Maria zu kaufen.«

»Schau nur, wie schön das Logo auf das Etikett gestickt ist. Ich nehme an, bei den Weißwaren und der Tischwäsche sticken Sie es direkt auf den Stoff, nicht wahr?«

Die Schwestern Marzo nicken und sind äußerst erfreut über meine Komplimente. Michele nimmt das Deckchen zur Hand, dreht es um und betrachtet den Talon. Er wird bleich.

»Hast du gesehen, Michele?«, fahre ich fort und bin mächtig stolz über meinen gelungenen Auftritt. »Hast du erkannt, was da geschrieben steht?«

»Ja … ja …«, stottert er. »EM. M.«

»EM. M.«, wiederhole ich. »Das sind exakt die Initialen auf der Unterwäsche des Erhängten. Und jetzt frage ich euch alle: Wie kam der Tote zu der Unterwäsche mit dem gestickten Logo der Schwestern Marzo?«

»Ich … Wir …«, sagt Maria mit einem Zitterstimmchen. »Er wird in unserem Laden gewesen sein, um sie zu kaufen. Wir haben ja eine große Kundschaft …«

»Sehr gut«, wiederhole ich. »An diesem Punkt gibt es zwei Thesen. Die erste: Der Alte kam einmal im

Monat nach Orvieto, abends, nach Ladenschluss, aber die Schwestern Marzo trafen ihn dennoch, und zu einem bestimmten Anlass haben sie ihm Unterwäsche geschenkt; in diesem Fall haben sie gelogen, als sie behaupteten, ihn nicht zu kennen. Die zweite: Der Zeitungshändler erinnert die Ankunftszeit des Alten falsch, und dieser ist zur normalen Öffnungszeit ins Geschäft der Schwestern Marzo geraten und hat die Unterwäsche eingekauft; auch in diesem Fall haben Elvira und Maria gelogen, als sie behaupteten, ihn noch nie zu Gesicht bekommen zu haben. Im einen wie im andern Fall haben sie etwas Falsches ausgesagt. Meine Herrschaften, sind Sie noch immer der Ansicht, uns keine Erklärung schuldig zu sein?«

»Jetzt reicht's!« Adelinas Stimme ist von Tränen gebrochen.

»Mein Schatz, beruhige dich«, wendet Filippo sich ihr zu. »Es ist alles in Ordnung.«

»Nichts ist in Ordnung! Ich ertrage es einfach nicht mehr, Filippo … Hilf mir, ich bitte dich. Ich halte es nicht mehr aus!« Schluchzend drückt sie ihr Gesicht gegen die Brust des Ehemanns.

»Halten Sie durch, meine Liebe«, fordert der Professor sie auf. »Es ist nur eine Frage des Augenblicks. Es wird vorübergehen.«

»Wir haben viel zu viele Jahre geschwiegen, Sergio. Ich bringe es einfach nicht mehr fertig, mit dieser Pestbeule im Innern zu leben.«

»Aber was für eine Pestbeule? Was redest du da? Du bist müde«, versucht Filippo es herunterzuspielen.

»Nein, jetzt ist genug. Wenn das Schicksal es so gewollt hat, dass Michele den Deckel genau von diesem Topf hebt, dann können wir uns nicht dagegenstellen. Es ist an der Zeit zuzugeben, wie sich die Dinge zugetragen haben. Und möge Gott ein Erbarmen mit uns haben.«

Filippo verbirgt sein Gesicht zwischen den Händen, während Eugenio vom Tisch aufsteht und sich, die Beine ausgestreckt, in einem Sessel niederlässt.

Michele und ich warten gespannt darauf, dass sich jemand entschließt, den Mund aufzumachen. Und wieder ist es Adelina, die spricht.

»Wir waren zwanzig, als wir geheiratet haben. Eine Liebesheirat. Wir liebten uns wie verrückt und konnten nicht voneinander lassen, obwohl unsere beiden Familien strikt gegen die Verbindung waren. Ihre Feindschaft hat uns gezwungen, aus Gubbio wegzugehen und ein neues Zuhause zu suchen. Hier haben wir es gefunden.« Und bei diesen Worten schenkt sie den Freunden, die heute wie damals für sie da sind, ein dankbares Lächeln. »Wir waren zwanzig Jahre alt«, führt Adelina fort, »und ebenso viele Jahre haben wir darauf gewartet, dass der Himmel uns Nachwuchs beschere. Aber wir hatten wohl zu große Schuld auf uns geladen, vielleicht, weil wir uns gegen unsere Familien aufgelehnt haben, denn das von ganzem Herzen herbeigesehnte Kind wollte nicht kommen.«

Maria presst die Finger des Professors zwischen die ihren, und Elvira nimmt hastig den Löffel und verschlingt ihr längst geschmolzenes Sorbet.

»Wir haben alles versucht. Wir haben zahlreiche Ärzte konsultiert und Spezialisten in ganz Italien und im Ausland abgeklappert. Aber etwas ist immer schiefgelaufen. Also haben wir begriffen, dass der Herr uns bestrafen will, und da haben wir resigniert. Dann, als wir längst alle Hoffnung aufgegeben hatten, wurde ich schwanger. Ein Wunder! Tagelang habe ich vor Glück geweint. Ich war schon über vierzig; die Ärzte rieten mir dringend, gut auf mich aufzupassen, mich nicht zu überanstrengen, aber ich fühlte mich so stark! Die Mutterschaft hat diese Wirkung: Du kämpfst nicht für dich allein, sondern auch für das Kind, das in dir heranwächst.«

Sie holt Luft und ergreift Filippos Hand.

»Ich war in der siebten Schwangerschaftswoche. Da erwachte ich eines Morgens mit krampfartigen Schmerzen im Unterleib; es waren Kontraktionen im Bauch und an den Nieren. Wir sind zur Erste-Hilfe-Station gerast … Und eine halbe Stunde später war mein Kind nicht mehr da. So überraschend, wie es gekommen war, ist es auch wieder gegangen. Noch im Wartesaal des Krankenhauses weinten wir verzweifelt. Filippo tröstete mich zwar, dass wir es erneut versuchen würden. Aber ich wusste, dass ich keine zweite Chance bekäme. Dann war er plötzlich da …«

Sie ist nicht imstande weiterzuerzählen. Filippo gibt ihr einen Kuss und fährt an ihrer Stelle fort.

»Quinto Ranalletta. Das ist sein Name, Michele, nach dem du gesucht hast. Er saß dort auf einer Bank und hatte uns schon ein Weilchen beobachtet.

Schließlich kam er heran und bot uns seinen Trost an: ›Ich möchte Ihnen nicht zu nahe treten, aber ich habe mitbekommen, welches Unglück Ihnen widerfahren ist‹, hat er gesagt. ›Ich kann Ihnen helfen.‹ Empört habe ich geantwortet, er solle verschwinden, ich dachte, er sei ein Scharlatan, der unsere Schwäche ausnutzen und uns mit magischen Pillen Geld aus der Tasche ziehen wollte. Aber so war es nicht. Er wollte uns ein Kind geben.«

»Und wie das?«, frage ich.

»Er hat uns eines verkauft«, stößt Filippo atemlos heraus.

Wie vom Donner gerührt sehen wir die beiden an. Michele legt die Hände an die Ohren, als wolle er kein Wort mehr hören. Ich bin wie versteinert, aber härter im Nehmen als er.

»Und wie ist der Kinderkauf vonstattengegangen?«, frage ich kalt.

»Quinto war ein ruchloser Mensch, ein Eiszapfen«, platzt Filippo heraus. »Er lebte in einer Baracke auf dem Land bei Ficulle, zusammen mit seiner Schwester und deren Kindern. Er hatte seine Nichte geschwängert, ein vierzehnjähriges Mädchen, und bald schon kam ihm der Gedanke, dass diese Schwangerschaft eine Goldgrube für ihn werden könnte. So war es dann auch: Als er uns das Neugeborene zum Kauf angeboten hat, haben wir ihn zuerst zum Teufel geschickt. Wir waren zutiefst empört und wollten ihn anzeigen, schon allein seiner Nichte wegen. Aber er hat sofort gewusst, wie schwach wir in Wirklichkeit waren. Durchtrieben, wie er war, hatte er bereits alles bis ins Kleinste geplant. ›Meine Nichte ist im zweiten Monat schwanger. Niemand hat mitbekommen, dass ihr euer Kind verloren habt. Ihr werdet für die Dauer einer Schwangerschaft von der Bildfläche verschwinden, irgendwohin verreisen, wo euch keiner kennt. Sobald meine Nichte das Kind zur Welt gebracht hat, bringe ich es zu euch, und ihr kehrt mit dem Baby nach Orvieto zurück. Keiner wird je etwas erfahren.‹ Er hat hundert Millionen Lire verlangt, wir einigten uns dann bei siebzig.«

»Siebzig Millionen für … Gigliola?«, fragt Michele mit matter Stimme.

»Ja, für meinen Engel«, sagt Adelina. »Sie gab meinem Leben wieder Sinn. Sie ist das Einzige, wofür es sich lohnt, auf der Welt zu sein. Ohne sie kann ich nicht existieren.«

»Ist ja gut«, unterbreche ich sie ruppig, in Gedanken bei meiner Mutter. »Was ist dann passiert?«

»Als Gigliola fünf Jahre alt wurde«, fährt Filippo fort, »steht eines Tages Quinto bei uns im Laden. Ich habe schleunigst das Rollgitter heruntergelassen und gefragt, was zum Teufel er hier zu suchen habe. Ratet mal, was er suchte. Er wollte Geld. Er hatte eine große Familie auszuhalten, keiner von denen ging arbeiten. Aber wir konnten nicht ein zweites Mal eine solche Summe bezahlen, da kam er uns so weit entgegen, dass er Raten akzeptierte: zwei Millionen Lire im Monat, oder er würde den Carabinieri verraten, dass Gigliola nicht unser Kind ist.«

»Und euch ist nicht in den Sinn gekommen, dass er, wenn er das wahrgemacht hätte, auch sich als Verbrecher geoutet hätte?«, ruft Michele, der immer noch ziemlich schockiert ist. »Dass auf diese Weise auch er, der Kinderhändler und Vergewaltiger, hinter Gittern landen würde? Habt ihr nicht gemerkt, dass dies nur eine elende Erpressung war, der ihr nicht hättet nachgeben dürfen?«

»Du machst es dir leicht«, wirft Filippo ein. »Ich hätte dich gerne an unserer Stelle sehen wollen! Hilflos waren wir und in Panik. Wir hatten große Angst, Gigliola zu verlieren, und haben deshalb brav gezahlt. An jedem Monatsende kam er abends, kurz nach Ladenschluss. Ich erwartete ihn, überreichte ihm das Geld und musste ihn dann noch zum Bahnhof fahren, weil die Seilbahn um halb neun ihre letzte Fahrt macht. Nach einer Weile hat er mehr Geld verlangt, dann wieder mehr, immer mehr, sodass wir gezwungen waren, uns zu entscheiden: entweder an unsere Freunde heranzutreten und sie um Unterstützung zu bitten oder uns zu horrenden Zinsen an ein unseriöses Kreditunternehmen zu wenden. Die Bank wollte uns kein weiteres Darlehen geben.«

»Und so kommen wir ins Spiel«, meldet sich der Professor. »Bei einem unserer Abendessen weihten Adelina und Filippo uns alle in ihr Drama ein. Wir schluckten, aber es wäre uns im Traum nicht eingefallen, sie zu verurteilen. Ich erbot mich, die gesamte Summe aus meiner Tasche zu bezahlen, aber die anderen lehnten das empört ab: Entweder beteiligten sich alle an der Geldbeschaffung oder keiner. Jeder zahlte also die für ihn erschwingliche Summe ein. Wir ließen die beiden nie im Stich; besonders an den Zahltagen wichen wir nicht von Filippos Seite. Bis dieses Ekel von Ranalletta glaubte, noch mehr herauspressen zu können. Durch unsere Mitwisserschaft an dem Kinderkauf waren ja auch wir erpressbar. Gigliola war inzwischen zu einem jungen Mädchen herangewachsen, und er drohte damit, ihr seine Vaterschaft zu enthüllen, wenn wir ihm nicht eine angemessene Summe bezahlten. Er ging so weit, fünfzehn Millionen Lire im Monat zu fordern, und verlangte außerdem, dass er sich in unseren Läden kostenlos bedienen konnte. Natürlich wusste er nichts mit meinen Büchern und dem Krimskrams von Eugenio anzufangen, aber Elvira und Maria waren gezwungen, auch nachts zu arbeiten, um seinen unersättlichen Forderungen nach Weißwäsche, Hemden, Unterwäsche, Taschentüchern nachzukommen. Dann war das Maß voll.«

»Wie voll?«, frage ich und befürchte, die Antwort bereits zu kennen.

»Was … was habt ihr getan?«, stottert Michele, auch er ahnt das Schlimmste.

»Wir haben ihn umgebracht.« Eugenios Stimme scheint aus dem Jenseits zu kommen. »*Do you understand*? Getötet, beseitigt, ausgeschaltet. *Kaputt!*«

»Mein Gott, mein Gott! Nein … nein … nein.« Michele ist verzweifelt. Er rauft sich die Haare und weint leise wie ein Kind. Ich bin bass erstaunt.

Ich empfinde weder die Scham noch das Entsetzen, die ihn überkommen, nur eine unsägliche Überraschung. Mit der größten Wahrscheinlichkeit hätte ich genau wie sie gehandelt. Wer kann das schon wissen? Jetzt drängt mich vor allem, endlich zu erfahren, wie sie es angestellt haben. Im Körper des Mannes gab es keine Rückstände von Gift, seine Leiche zeigte keinerlei Spuren von Gewaltanwendung. Wie konnten sie ihn aufhängen, ohne dass er sich zur Wehr setzte? Welchen genialen Plan haben sie Wirklichkeit werden lassen?

»Die Idee stammte von mir, wisst ihr das?«, verkündet Elvira triumphierend, als erwarte sie jetzt einen Preis.

»Ja, das stimmt«, bestätigt Filippo. »Eingangs haben wir sie kräftig ausgeschimpft, dann aber haben wir nachgedacht und begriffen, dass es keine Alternative gab. Quinto musste sterben. Monatelang haben wir darüber gebrütet, bis wir mithilfe von Giorgina den perfekten Plan ausgearbeitet haben.«

»Jesus Christus, auch noch Giorgina ...«, schimpfe ich.

»Wir mussten ihn hier ins Haus locken«, fährt Filippo fort, »wo alles geschehen sollte.«

»Und ging das einfach so?«, frage ich.

»Nein, Quinto war misstrauisch. An jenem Abend war ich allein im Geschäft, die anderen waren absichtlich nicht gekommen. Ich habe ihm gesagt, dass wir Schwierigkeiten gehabt hätten, die Summe zusammenzukratzen, und dass ein paar von uns noch unterwegs seien, um das Geld außerhalb Orvietos aufzutreiben. Die Verabredung sei deshalb erst in einer Stunde bei uns zu Hause. Er hatte protestiert, das sei viel zu spät, es würden dann keine Züge mehr fahren. Ich habe ihm versichert, ich würde ihn mit meinem Wagen nach Ficulle zurückbringen, und dann war es ihm recht.«

»Ich hatte Gigliola erlaubt, bei einer Freundin zu übernachten, und habe ein üppiges Abendessen zubereitet«, mischte Adelina sich jetzt in die Schilderung ein, »aber er rührte keinen Bissen an. Er behauptete, er litte an … an …«

»Sodbrennen«, half der Professor aus.

»Genau«, fährt Adelina fort. »Deshalb wollte er lieber nichts essen. Er begnügte sich mit einem schlichten Kräutertee, und mit dem spielten wir unsere letzte Trumpfkarte. Ich kochte ein Gebräu aus Fenchelsamen und Lorbeer, und um dem Ganzen die richtige Süße zu verleihen, fügte ich Nieswurzextrakt hinzu, was eine wunderschöne und höchst giftige Zauberpflanze ist: Die in ihr enthaltenen Wirkstoffe verursachen Kopfschmerz, Schwindelgefühl, Schläfrigkeit, Wahrnehmungsstörungen und Lähmung bis zum Herzstillstand, ohne dass das Bewusstsein in Mitleidenschaft gezogen würde. Was könnte es Besseres geben? Quinto würde jeden Augenblick des eigenen Dahinscheidens miterleben, ohnmächtig vor der Unausweichlichkeit des Schicksals. Wir hätten dann unsere Rache gehabt und uns auf immer des Erpressers entledigt.«

Michele hat wieder neben mir Platz genommen. Er greift nach meiner Hand und hält sie, Trost suchend, fest. Wir lauschen dem Ende der Geschichte mit weit aufgerissenen Augen.

»Man muss wissen«, erklärt Filippo, »das Gute an diesem Trank ist, dass er keine Spuren hinterlässt. Um ein Pferd zu vergiften, genügen zehn Gramm Nieswurz, und unser Kräutertee tat Quinto zunächst so gut, dass er noch eine weitere Tasse verlangte. Eine Forderung, der wir diesmal mit dem größten Vergnügen nachgekommen sind. Schweigend haben wir seine Agonie abgewartet und jede ihrer Stufen mit angesehen. Als die Lähmung einsetzte, folgte der Rest ...«

Zehn Jahre früher

Schaut euch die nächtlichen Wanderer an.

Langsam dringen sie ins Dickicht der Macchia dei Frati ein.

Eine Frau mit einem Tuch auf dem Kopf schreitet voran. In der einen Hand hält sie eine Laterne, in der anderen einen grünen Zweig mit blauen Blüten.

Hinter ihr tragen drei Männer einen leblosen Körper. Der vordere hat sich die schlaffen Beine links und rechts über die Schultern gelegt, die Füße an seiner Brust, die beiden hinteren schleppen den Oberkörper mit den zentnerschweren Armen über ihre Nacken. Zwei kleinere Gestalten leuchten den Weg mit großen Taschenlampen.

Am Ende dieser seltsamen Gruppe geht eine in eine Tunika gehüllte schlanke Figur, sie schwenkt einen Weihrauchkessel und murmelt geheimnisvolle Formeln.

»Pass doch auf, wo du hintrittst! Wegen dir werden wir alle noch hinfallen …«

»Was willst du eigentlich von mir? Wenn die beiden Damen das Licht auf den Weg richten würden anstatt auf die Blätter, wäre ich vielleicht imstande, die Steine und die Wurzeln zu umgehen …«

»Das brauchst du doch nur zu sagen, nicht? Mit guten Manieren beendet man jede Reise.«

»Erreicht man immer sein Ziel, du dummc Gans! Mit guten Manieren erreicht man immer sein Ziel. Und mit ein bisschen Mut beendet man jede Reise.«

»Giorgina, meine Liebe, würde es dir etwas ausmachen, den Weihrauchkessel weniger wild zu schwenken? Ich ersticke noch vor lauter Qualm.«

»Still teinen Hungerr, Wolfshund, teine Mutter ist eine Hurre und tein Vaterr ein Gehörrnter … Hinwek mit tirr, Sohn des Anu mit ter Sonnenscheibe … Hinwek mit tirr, Sohn terr koldenen Waffen tes Marrduk … Ganinchenbfote, rette mich vorr derr Gefahrr … Auge, böses Auge, Beterrsilie und Fenchel …«

Trotz einiger Hindernisse schreitet die Gruppe entschlossen voran und erreicht die Lichtung.

Wie ein ruhiges Meer liegt die weite Ebene im Licht des Vollmonds. Der Gesang eines Nachtvogels dringt durch die Stille, in der Ferne ruft eine Eule.

Eindrucksvoll ragt der gewaltige Kastanienbaum in den Nachthimmel.

»Auf drei lassen wir ihn herunter … Vorsicht, seid bitte vorsichtig … Eugenio, hast du den Strick?«

»Welchen Strick? Sollte ich den etwa mitbringen …«

»Willst du Witze machen? Ich habe es dir doch mehrmals gesagt …

»Beruhige dich, Filippo … Hier liegt er doch, zusammen mit den übrigen Sachen.«

»Danke, Elviretta. Wenn du nicht wärst …«

»Du weißt ja: Im kleinen Fass ist noch keine Ehefrau ertrunken …«

»Bist du endlich still! Kleines Fass gibt guten Wein! So heißt es richtig!«

»Beim heiligen Joseph, hört bloß auf, ihr zwei, ich bitte euch! Es ist jetzt wirklich nicht der Moment zum Streiten.«

»Adelina hat recht. Reißt euch zusammen. Eugenio, du steigst auf meine Schultern und bindest den Strick an einem Ast fest; Sergio, Elvira und Maria, ihr packt Quinto an den Beinen, hebt ihn so weit wie möglich in die Höhe und haltet ihn fest, bis Eugenio ihm die Schlinge fest um den Hals gezogen hat. Übrigens, mein Schatz: Lebt er noch?«

»Ja, er atmet.«

»Hervorragend. Nur Mut, Eugenio, steig hoch und pass ein bisschen auf, du kratzt mir sonst noch ein Auge aus. Nimm einen stabilen Ast.«

»So einfach ist das nicht ... bei dem Durcheinander.«

»Beeil dich, der ist schwer.«

»Einen Moment. Ah ... so, gut so. Fertig.«

Adelina steckt den Zweig, den sie mitgebracht hat, sorgfältig an die Ohrmuschel des Verbrechers, der reglos auf dem Boden liegt.

Giorgina bewegt den Weihrauchkessel über ihm und rezitiert:

»Ysop, tu zweizüngigerr, Ysop, du spitzigerr, esob, esob, rreinige tieses Wesen, quäl unz nicht mehrr. Castanea sativa, heilige Votivpflantze. Und bei terr Nummerr sieben und bei ten sieben göddlichen Worrten und bei ten sieben menschlichen Worrten, ich beschwörre

tich, o Fatum: verrprenne das Übel, verrprenne ten Hexerich. Verschlinge sie! Zerrstörre sie! Schaff sie hinforrt! Gishbar ba gibbil ba girra zi aga kanp!«

»Was hat sie gesagt?«

»Still, das verstehst du eh nicht! Sergio, ihr da, seid ihr bereit?«

»Ja. Wir haben gerade besprochen, wie wir ihn am besten anfassen, damit er uns nicht aus den Händen rutscht. Zu fest dürfen wir ihn allerdings nicht anpacken, sonst gibt es Druckstellen. Aber jetzt scheint alles klar zu sein.«

»Gut. Dann hebt ihn hoch!«

»Eugenio, bist du so weit? Zieh die Schlinge zu!«

»Ja, ja, noch einen Augenblick … So, fertig.«

»Vorwärts, komm runter. Sergio, haltet ihn noch. Lasst ihn erst auf mein und Adelinas Zeichen los.«

»Aber sicher doch. Meine Damen, habt ein wenig Geduld.«

»Mein Schatz, bist du so weit?«

»Bereit.«

»Sergio, auf drei. Eins … zwei … drei!«

Sieben Menschen haben ihn gerichtet.

Sieben Menschen haben ihn erhängt.

Sieben Menschen haben sich gewehrt und starren ihn kalten Auges an.

»Ist er tot?«

»Ich glaube, ja. Adelina, gib mir das Galileopulver.«

»Wofür ist das gut?«

»Eine Mischung aus Blütenpollen und orientalischem Weihrauch. Es reinigt die Luft und vertreibt das Böse. Nehmt ein wenig davon und verteilt es ringsum. So, das ist gut so. Leg los, Giorgina.«

»Krraft tiesen Pulverrs, tas wirr verrstrreuen, verrbiete ich tirr zurrückzukehrren. Teinem Fleisch und teinem Blut, teinem Leib und teinerr Seele verrbiete ich einzutrreten. Um tich herrum sei tieses Pulverr, Pulverr tes Guten, Pulverr ter Magie. Möke es immerr ten Weg peschützen und Tag und Nacht uns in Sicherrheit halten. Hörre meine Worrte, ich beschwörre tich! Ich will, ich befehle, und ich kann, und so sei es!«

Sieben Menschen machen sich auf den Heimweg durch die Dunkelheit.

Wie eine unzertrennbare Einheit durchschreiten sie die Lichtung und verschwinden im Dickicht des Waldes.

Sie tragen eine neue Last. Der Tote hängt am Baum und in ihren Herzen.

Urplötzlich ist Wind aufgekommen, der den Erhängten wild hin und her schaukeln lässt und dreht wie einen Kreisel. Der schlanke Ast kann den Mann nicht mehr tragen, er knackt, gibt nach und bricht dort, wo er aus dem Stamm wächst.

Der Mann schaukelt nicht mehr.

Seine Beine sind abgewinkelt, als würde er knien.

Und seine Füße berühren den Boden.

Über allem das gleißende Mondlicht.

Exodus

»Nun wisst ihr alles.«

Filippos Stimme ist heiser vom mühseligen Erinnern.

Michele und ich haben reglos und stumm jener unerwarteten Enthüllung gelauscht. Noch immer fehlen uns die Worte. Die Fakten haben sich im Großen und Ganzen so abgespielt, wie wir es uns theoretisch zurechtgelegt hatten, in der Wirklichkeit aber haben sie unsere Vorstellungskraft weit übertroffen.

»Wir hofften natürlich, dass wir ungeschoren davonkämen«, erklärt Filippo. »Wir haben ihm alle Dokumente, Hausschlüssel, persönlichen Gegenstände, jedwedes Ding weggenommen, das einen Anhaltspunkt über die Identität von Quinto Ranalletta hätte sein können. An das Logo von Elvira und Maria auf dem Taschentuch, auf dem Hemd haben wir allerdings nicht gedacht …«

»Auch die Carabinieri haben nicht daran gedacht«, versichere ich ihnen. »Ich glaube, dass auch sie, wie wir einst, darin die Initialen des Toten sahen.«

»Tja. Aber am Ende seid ihr draufgekommen.«

»Ja, aber nur aufgrund eines unglaublichen Zufalls. Wenn ich nicht auf die Idee gekommen wäre, Adelina das Häkeldeckchen zu schenken, hätten wir uns weiterhin auf einen Emilio oder einen Emerenziano konzentriert.«

»Das ist der Beweis: Das perfekte Verbrechen gibt es nicht«, bemerkt der Professor. »Wie sehr wir uns auch bemüht und jede Kleinigkeit bedacht haben – genau das war uns letztlich entgangen. Und jetzt wird es ein Leichtes sein, zu verstehen, warum wir uns so sehr gegen ein Wiederausgraben dieser Geschichte gewehrt haben und warum wir eine erneute und ungelegene Verbreitung der Fotos von Ranalletta fürchteten. Es war jedes Mal schon Abend, wenn Quinto hier auftauchte, das stimmt, aber die absolute Gewissheit, dass niemand ihn unterwegs gesehen hatte, die hatten wir nie gehabt. Mit Erleichterung hatten wir den Abschluss der offiziellen Ermittlungen und das langsame Verschwinden der Flugblätter an den Häuserwänden begrüßt. Keiner hatte sich gemeldet, wir betrachteten uns als gerettet.«

»Ja, aber… wieso ihn aufknüpfen?«, fragt Michele und starrt den Onkel mit tränendicken Augen an. »Ihr habt gesagt, das Gift der Nieswurz hinterlasse keine Spuren und führe nach der Lähmung zum Herzstillstand. Konntet ihr nicht abwarten, bis der Infarkt ihn zur Strecke brachte? Ihr hättet den Leichnam auch vor dem Dom ablegen können: Er wäre als ein armer Alter durchgegangen, der urplötzlich eines natürlichen Todes gestorben ist. Warum also diese absurde Inszenierung?«

»Weil wir Gerechtigkeit wollten, Michele«, erwidert Filippo. »Aber die Rechtsprechung eines Gerichts konnten wir nicht bekommen, die hätte auch unsere Schuld offenbart, die nicht geringer war als die von Quinto. Adelina und ich haben uns eines ebenso grauenvollen Verbrechens schuldig gemacht, wir haben mit dem Leben eines Menschenwesens geschachert. Kein Richter hätte uns freigesprochen. Und was wäre aus Gigliola geworden? Man hätte sie uns weggenommen, wir hätten sie nie mehr wiedergesehen. Nein, wir wollten eine andere Strafe für ihn. Wir wollten eine Verurteilung durch unser Tribunal, vor dem Quinto, der Vergewaltiger, Quinto, der Menschenhändler, Quinto, der Erpresser, sich zu verantworten hatte. Nein, wir haben ihn nicht getötet: Wir haben ihn gerichtet.«

»Ja, aber … das ist unmoralisch!«, platzt Michele entrüstet heraus. »Ihr habt euch das Recht anheischig gemacht, Urteile zu fällen, eine Strafe festzulegen. Wie habt ihr das nur tun können? Wie nur? Wie?«

Er krümmt sich zusammen, den Kopf zwischen den Händen. Keiner in der Runde findet noch Worte. Bis Adelina nach einem Weilchen die Kraft hat zu sprechen.

»Du hast recht, Michele. Was du sagst, ist die reine Wahrheit. In all diesen Jahren wurden wir von Gewissensbissen geplagt. Unser Tun war falsch, das leugnen wir nicht. Vielleicht ist jetzt der Moment gekommen, dass wir die Verantwortung dafür übernehmen.«

»Mein Schatz, nein …«

»Adelina, wart ab, überlegen wir doch mal.«

»Denkst du nicht, es ist besser, wenn wir zuerst darüber diskutieren?«

Die Stimmen der Schuldigen überschlagen sich. Sie haben zwar Gewissensbisse, aber die sind nicht schwer genug, als dass sie auch bereit wären, für die Konsequenzen geradezustehen.

»Seid still und hört zu.« Adelina ist knallhart. »Uns bleibt nicht mehr allzu viel Zeit zum Leben. Ich will nicht, dass wir diese Last bis ins Grab mit uns schleppen. Gigliola ist längst groß, sie braucht uns nicht mehr so wie früher.«

»Deine Worte sind durchaus korrekt, Adelina«, meldet Eugenio sich zu Wort. »Aber du kannst nicht auch für uns entscheiden. Bedaure, aber ich bin nicht einverstanden.«

»Und ihr?«, fragt Adelina die anderen. »Auch ihr seid nicht damit einverstanden?«

»Nun, die Aussicht, die letzten Jahre meines Lebens hinter Gittern zu verbringen, lässt mich nicht gerade vor Glück aufjauchzen ...«, gibt der Professor zu bedenken.

»Auch mich nicht«, stimmt Maria ihm zu.

»Stell dir vor, und mich erst ...«, schließt Elvira sich ihnen an.

»Wie ihr wollt«, seufzt Adelina. »Das soll heißen, sie dort werden entscheiden.«

Sie breitet den Arm in Richtung Michele und mir aus, und urplötzlich finden wir uns in einer Rolle wieder, von der wir verschont zu bleiben gehofft hatten.«

»Es ist an euch beiden, zu bestimmen, was geschehen soll«, gemahnt uns Adelina. »Jetzt, da ihr alles wisst, könnt ihr nicht mehr so tun, als sei nichts geschehen. Wir gehen jetzt nach nebenan und spielen unsere Partie *scala quaranta.* Ihr nehmt euch alle Zeit, die ihr braucht. Wir werden eure Entscheidung annehmen und uns dementsprechend verhalten.«

Sie macht den anderen ein Zeichen, sich zu erheben, und geleitet sie zum Wohnzimmer. Sie nehmen ihre Plätze am grünen Tisch ein, und das Spiel französischer Karten wird hervorgeholt. Marie zieht die Strumpfstricknadeln aus ihrer Arbeitstasche und macht es sich auf dem Sessel bequem. Ich sehe, wie sie sich im Zeitlupentempo bewegen, schweigsam und mit bleichen Gesichtern. Sie inszenieren gewohnte Rituale und Gesten, als suchten sie in der Gewohnheit eine letzte Zuflucht vor ihrer Verdammnis.

Ich packe Michele am Arm und zwinge ihn, mir zu folgen.

»Komm, lass uns einen Kräutertee zubereiten.«

Michele sitzt schräg da, trommelt mit den Fingern auf den Küchentisch und starrt ins Nichts. Ich mache mir an der Anrichte zu schaffen, um einen zum Anlass passenden Kräutertee zu finden. Ich muss mich unter einer Riesenmenge von Pülverchen und Samen aller Art, deren Natur mir unbekannt ist, zurechtfinden; wer weiß, ob dazwischen nicht irgendwo die Nieswurzextrakte oder andere Giftmischungen sind. Um jeden Fehler zu vermeiden, stürze ich mich auf ein Glasbehältnis, das ein Etikett trägt. »Guter-Rat-ist-Tee« steht da mit Filzstift geschrieben. Das ist genau das Richtige jetzt. Ich setze den Wasserkocher auf den Herd und richte unterdessen schon mal das Tablett mit den Tassen.

»Wer hätte das gedacht?«, seufzt Michele erschöpft.

»Eben ... Wir wollten nur begreifen, warum sie sich in einigen Dingen so seltsam benehmen, und sieh nur, was dabei herausgekommen ist. Ich war mir sicher, dass sie etwas wussten, nicht aber, dass sie die Mörder wären.«

»Und was tun wir jetzt?«

Ich schüttle den Kopf. Man müsste sie sofort anzeigen. Der Fall müsste wieder aufgerollt und vor Gericht gebracht werden. Das ist es, was geschehen müsste. Aber ich bin mir nicht sicher, ob es auch das Vernünftigste wäre.

»Was soll ich dir sagen, Michele? Vielleicht müssen wir so tun, als sei gar nichts geschehen.«

Michele sieht mich verdattert an und runzelt die Stirn in einer missbilligenden Grimasse.

»Was? Und all die Schuld, die sie auf sich geladen haben? Ist dir klar, wie vieler Vergehen sie sich schuldig gemacht haben? Vom Kindeshandel bis zum Mord, bei dem sie sich obendrein auch noch zu Rächern erhoben haben. Wie können wir über so etwas hinwegsehen?«

»Ich weiß nicht, wie, aber wir müssen.«

»Wir müssen? Was sagst du da?«

»Oh, hör zu: Wenn du nicht angefangen hättest, in den alten Sachen herumzuwühlen, hätte keiner jemals etwas von der Geschichte erfahren. Selbst die

Carabinieri haben sich anderen Dingen zugewandt. Du wirst deine Reportage nicht mehr schreiben können? Geduld, wir werden ein neues Thema für dich finden, ich werde dir dabei helfen. Es stimmt, ihr Tun war falsch: Aber im Grunde haben sie das Leben einer Unschuldigen gerettet. Stell dir nur mal vor, was aus Gigliola geworden wäre, wenn sie weiterhin im Hause dieses Kinderschänders gelebt hätte.«

»Bist du übergeschnappt? Recht zu schaffen obliegt den Gerichtshöfen, Herrgott noch mal! Was würde geschehen, wenn jedermann das selbst in die Hand nähme? Man kann das Gesetz des ›Gleiches-mit-Gleichem-Vergelten‹ nicht anwenden: Es ist unmoralisch, es ist gegen jeden ethischen Grundsatz. Ich habe mein ganzes Leben lang schon für gewisse Ideale gekämpft.«

»Du hast recht, es ist so, wie du sagst. Dennoch, schau sie dir an, Michele. Sie sind alt, wie lange, denkst du, werden sie noch leben? Vielleicht müsstest du ihnen gar bis ans Ende ihrer nur noch kurz bemessenen Existenz Orangen in den Knast bringen. Schuldgefühle sind bereits schreckliche Bestrafung genug. Lass ihnen ihre gemeinsamen Abendessen, die Bücher, die *scala quaranta*, die Stickereien. Es ist dein Onkel, es sind deine Leute. Und jetzt sind es auch die meinigen.«

Der Wasserkocher pfeift schrill. Ich nehme ihn vom Feuer und seihe den Kräuteraufguss in die Tassen. Dann nehme ich das Tablett und reiche es Michele.

»Bring es rüber. Ich komm gleich nach.«

Wie vor den Kopf geschlagen sieht er mich an. Ein Gefühl unendlicher Zärtlichkeit durchfährt mich. Ich hauche ihm einen Kuss auf die Lippen.

O mein Gott, er schmeckt nach Fisch!

Ich renne zum Waschbecken und spüle mir den Mund mit Kernseife aus.

»Alles in Ordnung mit dir?«, fragt Michele.

»Ja, keine Sorge. Geh nur rüber, ich komme in Kürze nach.«

Ich schaue ihm zu, wie er langsam, das Tablett in Händen, Richtung Wohnraum schreitet. Er geht zwischen den Tischen durch und verteilt die Tassen mit liebevollem Schulterklopfen und einem dankbaren Lächeln.

Ich wünschte so sehr, Doris und Lessing wären hier. Ich kann's kaum erwarten, wieder zu ihnen zurückzukehren und diese grauenvolle Geschichte hinter mir zu lassen.

Ich öffne das Fenster und sehe hinaus. Ich tanke in tiefen Atemzügen von der holzduftenden Luft.

Auch heute Nacht ist ein wunderschöner Mond.

Liebe Livia,

den Böen des Herbstwinds ausgesetzt, habe ich stundenlang den Himmel angestarrt, und der Mond hat mich nicht aus den Augen gelassen.

Ich irrte durch die Mäander der Erinnerung. Der Länge und der Breite nach habe ich graue und düstere Ebenen durchmessen; andere wiederum waren farbig und heiter, aber alle waren sie besetzt von konfusen Wahrnehmungen, in die ich nur mühsam Ordnung bringe.

Ich fühle mich wie in zwei Hälften zerschlagen: Der eine Teil von mir versucht, längst verblasste Erinnerungen zu rekonstruieren, Einzelheiten festzuhalten, die zwischen den Fingern der Erinnerung zu entgleiten drohen; der andere Teil würde am liebsten diese Bilder auf immer verscheuchen und ein neues Ich erschaffen, das voller Ungeduld wäre, sich in neue, bislang nie gekannte Erfahrungen zu stürzen.

Es ist ein verlorener Kampf. Die Erinnerungen verblassen, aber sie werden nicht gelöscht. Und sie bilden den Humus für unterschiedliche Eindrücke, die sich von dem ernähren, was ich war, um dem Leben zu geben, was ich bin.

Ich werde nie glücklich sein. Niemand wird jemals vollständig glücklich sein. Warum also sich im Unbehagen suhlen, hinter etwas, das nicht von dieser Welt ist, her zu jagen und es zu erreichen trachten?

Genau wie Krapp die eigenen Erlebnisse und das eigene Unbehagen dem Magnetband eines Aufnahmegeräts anvertraut hat, so habe ich meine Gedanken und meinen Ärger zu Papier gebracht. Wie Krapp habe ich mich dem Zwiegespräch mit meiner Seele gestellt, auf der Suche nach dem Bewusstsein meiner selbst und vielleicht auch einen Zielpunkt vor Augen.

Ich werde mein Scheitern hinnehmen müssen, wenn ich der Wirklichkeit, dem Leben einen Sinn geben will. Erst dann werde ich den höchsten Grad von Bewusstsein erreicht haben.

Im Augenblick geht es mir gut, da, wo ich bin.

Dies ist das letzte Mal, dass ich Dir schreibe.